나는 될 놈이다

나는 될 놈이다 8

글쓰는기계 게임 판타지 장편소설

초판 1쇄 찍은 날 | 2019년 10월 16일
초판 1쇄 펴낸 날 | 2019년 10월 23일

지은이 | 글쓰는기계
펴낸이 | 예경원

기획 | 위시북스
편집책임 | 이은송
편집 | 위시북스

펴낸곳 | 예원북스
등록번호 | 제396-2012-000132호
등록일자 | 2012. 7. 25
KFN | 제1-477호

주소 | 경기도 고양시 일산동구 호수로 646-24 위너스21II빌딩 206A호 (우)10401
전화 | 031-819-9431 팩스 | 031-817-9432
E-mail | yewonbooks@naver.com

ISBN 979-11-365-0418-0 04810
979-11-6424-237-5 (Set)

※ 이 도서의 국립중앙도서관 출판시도서목록(CIP)은 서지정보유통지원시스템 홈페이지(http://seoji.go.kr)와 국가자료공동목록시스템(http://www.nl.go.kr/kolisnet)에서 이용하실 수 있습니다.

Wish Books

나는 될놈이다

8 글쓰는기계 게임 판타지 장편소설

WISHBOOKS GAME FANTASY STORY

CONTENTS

나는 될 놈이다

CHAPTER 1

생방송으로 시청자들에게 질문을 받고, 태현이 거기에 답한다. 영상은 나중에 따로 정규 방송 시간에 방송될 테니까 그 정도면 충분했다.

'진행자가 잘 컨트롤해 주면 별문제는 생기지 않겠지!'

배장욱은 그렇게 생각하며 바로 준비에 들어갔다. 태현과의 질문 특집을 준비하고 있다는 떡밥은 예전부터 뿌려놨으니 사람들은 금방 모을 수 있었다.

"저리 비켜라."

"너 뭐…… 헉! 김태현!"

태현은 성벽 위에 올라가자마자 플레이어 한 명의 뒷덜미를 잡고 옆으로 집어 던졌다.

수많은 사람이 보고 있는데도 조금도 아랑곳하지 않는 저 당당함!

케인은 그걸 보고 쯧쯧거렸다.

'드디어 저놈의 정체가 들통이 나는구나!'

이제까지 용케 안 들켰다 싶었다. 태현이 딱히 이미지 관리를 하는 사람이 아니라 더더욱 그랬다.

그렇지만 안에서 새는 바가지는 밖에서도 샌다고, 결국 이렇게 들키게 되는구나!

'속이 다 시원하네!'

케인이 가장 억울한 것 중 하나가 바로 이것이었다.

케인이나 태현이나 똑같이 사악한데, 왜 케인은 악당 취급을 받고 태현은 영웅 취급을 받아야 하는가!

방송 반응을 보면 케인은 뒷목을 잡았다. 직접 옆에서 당해 보지도 않은 것들이 '김태현만 한 플레이어가 드물지', '랭커나 대형 길드 소속 플레이어들은 다 이기적인데 김태현은 다른 플레이어들도 챙겨주더라' 같은 소리를 진심으로 하고 있으니 울컥할 수밖에 없었다. 그중에 가장 그를 열 받게 하는 건 바로 '야 김태현이 케인 참교육시켜서 데리고 다니더라. 그게 어떻게 가능하지?'였다. 얼핏 들으면 불가능해 보이는 말.

그래서 사람들은 결론을 내렸다.

-아, 김태현의 인성이 저 케인의 마음을 고쳐먹게 했구나! 정말 대단하다!

물론 현실은 정반대였다. 태현은 그냥 케인이 포기할 때까지 케인을 팬 것이다. 그게 무슨 인성이고 참교육인가, 그냥 짐승을 다루는 방법이지!

파파팍!

그러나 그 순간 옆으로 집어 던져진 플레이어가 있었던 곳으로 검푸른 화살이 날아왔다.

언데드 부여 마법사가 마법을 건 강력한 화살!

그대로 맞았다면 꽤 대미지가 들어왔을 공격이었다. 태현이 집어 들어서 던져준 덕분에 플레이어는 하나도 다치지 않을 수 있었다.

"감, 감사합니다!"

"……?"

태현은 고개를 갸웃거렸다.

빨리 성벽 위로 올라가려고 하는 데 방해가 되어서 집어 던졌는데 왜 고맙다고 하는 거지?

그걸 본 케인은 다시 한번 뒷목을 붙잡았다.

'세상은…… 너무 불공평해!'

그러는 사이 태현은 성벽의 위로 올라가서 아래를 굽어보았다. 성벽 아래는 공성전 그 자체였다. 수비 측은 성벽과 해자에 의지해서 병력을 배치하고, 공격 측은 여러 가지 공성 수단을 끌고 와서 밑에서 퍼붓는 모습!

판타지 세계답게 대형 언데드나 뱀파이어 장교들이 마법을 쓰는 것을 뺀다면 현실에서 있을 법한 공성전이었다.

물론 태현이 그런 걸 보려고 올라간 것은 아니었다.

태현이 찾는 건 마르덴 후작의 위치!

"인간 놈이 성벽 위에 올라갔다!"

"쏴라! 건방진 놈!"

쉬쉬쉭!

순식간에 화살이 쏟아지고 마법이 날아왔다. 태현은 맞아도 되는 화살은 그냥 맞아주고 위험할 것 같은 마법은 반격의 원으로 되돌려 보냈다.

투콱!

번쩍이는 붉은 검광과 함께 돌아가는 마법의 모습은 장관이었다. 성벽 아래 마르덴 후작의 눈에도 들어올 정도로.

"저, 저놈!"

멀리서 느껴지는 신성력. 마르덴 후작은 자리에서 벌떡 일어서서 외쳤다. 태현도 마르덴 후작을 내려다보았다.

마주치는 둘의 시선!

“이놈!”

마르덴 후작은 분노해서 마법을 시전했다. <저주받은 피의 화살>은 뱀파이어 종족 전용 스킬로, 상대를 추적하는 검은 색 피의 화살을 날리는 스킬이었다. 그러나 단일 공격은 태현한테 아무런 의미도 없었다. 게다가 이 정도 거리라면야 더더욱.

“막을 필요 없다.”

아농 성 마법사들이 막으려는 걸 말리고 태현은 반격의 원으로 후려갈겼다. 화살이 돌아오자 마르덴 후작은 더더욱 분노했다.

버러지 같은 놈이 자꾸 쥐새끼처럼 도망치는 것처럼 화가 나는 게 더 어디 있겠는가!

“이 사디크 같은 잡신을 모시는 버러지 같은 놈이 어디서 자꾸 재주를 부리는 것이냐! 네 신을 믿는다면 어디 한번 내려와서 나와 맞붙어보거라!”

1: 1을 하자는 요청. 물론 태현이 미치지 않고서야 그런 요청을 들어줄 리 없었다.

“뭐라고? 잘 안 들리는데?”

“네 신을 믿는다면 어디 한번 내려와서 맞붙어보자고 했다!”

“미안! 잘 안 들려! 한 번만 더 말해봐!”

“그러니까 네 신을…… 이 버러지가!”

그제야 마르덴 후작은 태현한테 놀림을 받고 있다는 걸 깨달았다.

[마르덴 후작을 말로 속여 넘기고 도발하는 데 성공합니다. 화술 스킬이 크게 증가합니다!]

[마르덴 후작이 격분 상태에 빠집니다. 판단력이 내려갑니다.]

안 그래도 고성이 날아간 상황에서 태현의 도발은 마르덴 후작의 혈압을 팍팍 올렸다.

"내 이름을 걸고 맹세하노라! 대륙의 사디크 교단 놈들은 내 눈에 보이는 족족 찢어 죽이겠다고!"

"아. 예. 그러시든가. 파이팅."

"?!"

마르덴 후작은 순간 당황했다. 신을 믿는 놈이 어떻게 자신이 믿는 신에 대한 협박에 저렇게 태연할 수가 있지?

"버러지 같은 놈! 내 협박이 우습게 들리느냐?"

"아냐. 그냥 네가 못 할 것 같아서 그렇지. 한번 해봐."

"이, 이놈…… 여기 보아라!"

마르덴 후작은 손뼉을 쳤다. 그러자 밧줄로 묶인 포로들이 나타났다.

사디크 교단의 사제와 성기사들!

마르덴 후작과 끝까지 치열하게 싸웠지만 결국 패배하고 몇 명은 사로잡힌 것이다.

"이 버러지들이 죽어도 좋으냐?"

"……."

태현은 웃음이 터져 나오는 걸 참아야 했다.

저놈들이 죽인다면 태현이야 좋은 일!

사디크 교단의 사제들은 처절하게 외쳤다.

"우리는 저놈과 한패가 아니오!"

"닥쳐라! 이 버러지들. 저놈을 지켜주려고 해봤자 내가 속을 것 같으냐!"

그러는 사이 태현은 성벽에서 비장하게 외쳤다.

"내 동료들을 죽이더라도 나는 절대 물러서지 않겠다!"

"야! 이 저주받을 놈아! 네가 왜 우리의 동료란 말이냐?!"

사제들과 성기사들은 울컥해서 외쳤다. 그러나 태현은 더 비장하게 외쳤다.

"형제들이여! 내가 반드시 원수를 갚아주겠다! 그러니 더 이상 나를 감싸줄 필요는 없다!"

사디크 사제들과 성기사들이 태현을 욕하는 것도 감싸주는 것으로 바꿔 버리는 마법의 혓바닥!

"저, 저 버러지가…… 이놈들을 전부 처형해라!"

[마르덴 후작을 말로 속여 넘기고 도발하는 데 성공합니다. 화술 스킬이 크게 증가합니다!]

[<이이제이>스킬이 레벨 5에 도달했습니다. 전투 시 적들을 더 쉽게 혼란시킬 수 있습니다.]

"안 돼!"

"으아아악!"

사디크 교단 사제들과 성기사들이 처형되는 걸 보며 태현은 흐뭇하게 고개를 끄덕였다.

아, 세상 싫은 놈들이 모두 서로 싸운다면 얼마나 좋을까!

마르덴 후작은 사디크 교단 사제들과 성기사들을 처형하고 나자 분이 좀 풀린 것 같았다. 물론 태현은 그렇게 내버려 둘 생각이 전혀 없었다.

애초에 성벽 위에 올라온 이유는 하나. 마르덴 후작을 아주 끝까지 도발해서 미쳐 버리게 만드는 것!

이성을 유지하고 있다면 마르덴 후작은 어느 정도 세력이 꺾였을 때 후퇴를 생각할 것이다. 그리고 후작 정도 되는 몬스터의 후퇴는 막기가 힘들었다. 잘못하다가는 역습을 당하는 것이다. 그래서 한 번에 잡아야 했다. 그러기 위해서는 지금보다 더 미치게 만들어야 했다.

"들어라, 마르덴 후장!"

태현은 크게 외쳤다. 그러다가 실수로 혀가 꼬였다. 마지막 발음이 뭉개진 것이다. 절대로 의도하지 않은 실수였다!!

"뭐?"

"마르덴 후장?"

"지금 후장이라고 하지 않았어?"

플레이어들도 웅성웅성!

그러나 이 단순한 도발은 강렬한 효과로 나타났다.

"뭐…… 뭐라고?"

그리고 그 반응을 태현은 아주 예민하게 잡아챘다.

"아. 미안하군. 말실수를 했어. 세상 누가 후작을 후장이라고 부르겠어? 그렇지?"

태현이 옆에 있는 루포를 보며 묻자 그는 시선을 돌리며 어색하게 웃었다.

태현이야 온몸이 간덩어리라 마르덴 후작의 저 눈빛을 그대로 받더라도 태연했지만, 그는 그럴 자신이 없었던 것이다.

"아…… 하하."

"어쨌든 마르덴 후장!"

"후작이다, 이 버러지 같은 자식아!"

이미 충분히 도발을 한 상황. 여기서 굳이 더 길게 떠들어봤자 좋은 꼴을 볼 것 같지는 않았다. 괜히 길게 말하면 머리 좋은 보스 몬스터는 눈치를 챌 수도 있었으니까.

언제나 마지막은 간단하게!

"여기 네 홀이 있다!"

"……!"

"그리고 여기 네 고성에서 가져온 지팡이다! 네 고성은 내가 잘 부숴 먹었다!"

"……!"

마르덴 후작의 눈이 더 이상 붉어질 수 없을 정도로 붉어졌다.

"그러면 열심히 해봐라!"

"크아아아아아아아아아악!"

마르덴 후작의 괴성과 함께, 공성전은 다음 단계로 접어들었다!

"미치신 거 아닙니까?!"

루포는 비명을 지르며 외쳤다. 안 그래도 강한 상대한테 저렇게 도발하다니. 실제로 힘을 아끼고 상황을 파악하고 있던 마르덴 후작의 군대가 전력을 다해서 총공격을 시도하고 있었다.

쿵, 쿵, 쿠르릉-

대형 언데드 괴물들이 두터운 가죽을 앞세우고 돌진하기 시작했다.

목표는 성벽과 성문!

"해자를 메워라!"

성벽 앞의 구덩이 때문에 제대로 접근할 수가 없자 언데드 병사들이 달려들었다.

노리는 것은 해자에 접근해서 땅을 메우는 것!

언데들 병사들 사이에는 마르덴 후작을 따르는 뱀파이어 장교들이 날카로운 소리를 지르며 그들을 지휘하고 있었다.

"잘 맞으려나……."

태현은 성벽 위에서 눈을 가늘게 뜨고 폭탄을 들었다.

은이 안에 듬뿍 들은 언데드 전용 폭탄!

쉭!

아쉽게도 폭탄은 방향을 잘못 잡고 날아가 버렸다.

노린 뱀파이어 장교와 좀 떨어진 방향으로 향하는 폭탄!

그러나 언데드 병사들이 그 폭탄을 향해 맹렬하게 화살을 쏴대기 시작했다.

"어?"

탁, 타탁-

그 탓에 방향이 틀어졌다.

떨어진 곳은 뱀파이어 장교 바로 위!

콰콰콰콰콰쾅!

[기계공학 스킬이 오릅니다.]

[폭탄 제작 스킬이 오릅니다.]

태현은 떨떠름한 표정으로 아래를 내려다보았다.

그러는 사이 궁수들도 치열하게 쏘아대고 있었다.

이렇게 쏘아대는 것 자체가 궁수들에게는 천금 같은 기회!

그들 중에는 마르텐 고성 공략 퀘스트에 참가했던 파티도 있었다.

"야. 너 저번에 샀던 화살은 다 썼어?"

"다, 다 썼어."

궁수 플레이어는 어색하게 말하며 고개를 끄덕였다. 사실 태현이 개조한 화살은 아직 남아 있었다. 그러나 그는 이걸 쓰지 않기로 마음먹었다.

'이건…… 팔린다!'

유명한 플레이어들이 썼던 장비들은 그 성능과 상관없이 그냥 팔릴 때가 많았다.

팬이라는 건 원래 그런 것!

처음 샀을 때는 이건 대체 뭔 화살이냐 싶었지만, 이후에 아농 성에 김태현이 나타났다는 걸 듣고 깨달았다.

-아, 그때 그 사람이 김태현이었구나!

그렇다면 이 화살은 지금 쓰지 말고 나중에 잘 묵혀뒀다가 비싼 값에 팔면…….

다다다닥-

아농 성의 병사들이 무언가를 짊어지고 달려왔다. 화살을 쏘아대던 플레이어들은 고개를 갸웃거렸다.

"뭡니까?"

"여기 화살이 있다. 이걸 쓰도록!"

"오, 감사합니다!"

"이야. 아농 성 친절한데?"

궁수들은 반색했다. 궁수들에게 화살은 꽤나 중요한 아이템. 그런 걸 공짜로 제공해 준다니.

"김태현 백작님께서 직접 손봐주신 거다! 감사한 마음으로 쓰도록!"

"?!?!"

아농 성 병사들 사이에서 태현의 평가는 높았다. 바쁜 와중에도 그들이 쓰는 무기를 최대한 손봐주려고 하는 백작이라니.

이 얼마나 솔선수범하는 백작이란 말인가!

궁수들도 다 좋아했지만, 한 명만 슬퍼했다.

'내…… 내 한탕이……!'

아농 성 궁수들과 마법사들이 그렇게 퍼부어댔지만, 마르텐 후작의 군대는 끈질겼다. 피해를 막아내며 끈질기게 접근하고 있었던 것이다. 대형 언데드 괴물 몇 마리는 벌써 성벽에 접근해서 쾅쾅거리며 박아대고 있었고, 성벽 밑까지 접근한 언데드 병사들과 뱀파이어들은 가능한 원거리 공격을 시작했다.

"해자 메우고 사다리 걸고…… 이야, 난리 났다."

"지금 그렇게 여유로우실 땝니까?!"

루포는 성벽 위에서 달려드는 뱀파이어를 베어내며 외쳤다. 하도 숫자가 많고 밑에서 반격까지 해대니 위에서 막는 것도 한계가 있었다. 적들이 점점 기어오르기 시작한 것이다.

"걱정 마라. 어지간해서는 안 뚫려. 밑이 문제지."

태현은 구성욱과 에반젤린을 가리키며 말했다. 이런 좁은 공간에서 랭커급 플레이어들이 지원을 받아가며 대기를 하고 있었다.

한둘씩 기어오르는 뱀파이어들로는 뚫을 수가 없는 상황!

특히 구성욱의 검기(劍技)는 다른 플레이어들마저 감탄시켰다. 어딘가 한이 서린 살기!

"차가운! 울음의! 검!"

"차가운 울음의 검이 뭐지?"

"스킬명 아닐까?"

"이상하게 멋있는데?"

오히려 신경 써야 하는 곳은 밑이었다. 태현은 지금 뱀파이어들이 올라오고 있는 이유를 짐작하고 있었다.

'밑에 신경 끄라 이거지?'

성벽 위를 괴롭히며 성벽과 성문을 공략한다. 정석적인 방법이었다. 실제로 해자와 장애물도 꽤 많이 치워져 있었다.

'상관없지.'

태현은 루포와 케인, 정수혁을 데리고 아래로 내려갔다. 성문이 뚫리면 다음 방법을 쓸 때였다.

꽈과광! 꽈광!

두꺼운 철문이 쩌적! 소리를 내며 갈라졌다. 성문 앞에 접근한 뱀파이어 전사들과 언데드 괴물들이 총공격을 가한 것!

흑마법까지 작렬하자 두꺼운 철문도 버티기 힘들었다.

꿀꺽-

아농 성의 기사들은 침을 삼켰다. 그들은 아농 백작과 함께 성문 앞에서 전투를 준비하고 있었다. 성문이 부서지는 순간 싸움이 시작된다!

적들이 강하다는 건 알고 있었지만 물러설 생각은 없었다.

"절대로 물러서지 마라! 그대들의 뒤에 내가 있다!"

아농 백작이 그 커다란 덩치에 걸맞게 크게 외쳐댔다.

겉만 보면 백전노장의 모습!

그 순간 뒤에서 들려오는 목소리.

"아직 안 뚫렸네?"

"……."

기사들은 순간 넘어질 뻔했다. 이 무슨 비장한 순간에 초를 치는…….

"김태현 백작님!"

"어. 성문 깨질 거 같아서 내려와 봤어."

산책이라도 나온 것처럼 태연한 태도.

그러나 아농 백작은 감탄할 뿐입니다.

"과연! 하지만 이 정도는 저와 제 기사들로도 충분히 상대할 수 있습니다. 가만히 지켜보십시오! 오늘이 끝나고 나면 음유시인들이 저에 대한 노래를 지어서 부를 테니!"

말이 끝나기가 무섭게 드디어 성문이 박살 났다.

콰아아아아-

먼지가 일어나더니 그 사이에서 나타난 건 뱀파이어 전사들과 대형 언데드 괴물, 그리고…….

마르덴 후작이었다.

"……!"

"!!"

"!!!!"

모두가 말 대신 표정으로 경악을 표현했다. 태현은 어떻게 된 건지 바로 알 수 있었다.

'너무 많이 도발했군!'

피가 끝까지 오르다 못해 머리를 뚫고 올라간 마르덴 후작이 뒤에서 지휘를 포기하고 앞으로 달려 나온 것이다. 사실 공격력만 생각한다면 그게 맞는 일이었지만, 품위 따지고 체면 따지는 마르덴 후작이 이렇게 성문 앞에서 숨어 있다가 들어오는 건 평소에는 절대로 할 수 없는 일!

그만큼 태현의 도발이 강하게 먹힌 것이다.

"너와 네 기사들로 충분히 상대할 수 있다고?"

"물론입니다! 모두 돌격!"

아농 백작은 겁도 없이 칼을 뽑아 들고 돌격했다. 사제들과 마법사들한테 빼곡히 받은 버프 때문에 전신이 빛났다.

"받아라, 이 타락한 뱀파이어야!"

"……."

그러나 마르덴 후작은 아농 백작을 상대하지 않았다. 그냥 몸을 튕기더니 바로 뛰어넘었다.

"어헛?! 도망치다니! 돌아와라! 이 겁쟁아!"

아농 백작은 당황했지만 마르덴 후작은 반응도 하지 않았다. 그가 노려보는 것은 오직 태현!

쾅! 쾅! 쾅! 쾅!

"죽인다! 버러지! 죽인다!"

"거 후장님 말씀 너무 살벌하시네!"

태현은 마르덴 후작의 일격을 〈유성〉으로 막아내며 대답했다. 어찌나 힘이 강력한지 막아내는데 뒤로 쭉쭉 밀려났다.

[회피에 성공합니다.]

마르덴 후작은 특유의 비틀린 웃음을 지으며 말했다.

"네가 모시고 있는 신을 믿고 있겠지! 그렇지않느냐!"

"뭐…… 일단은……."

"버러지 같은 놈. 내가 살아온 세월이 얼마나 되는 줄 아느냐! 너 같은 버러지와는 차원이 다르다. 신에게 의지하는 겁쟁이를 상대하는 방법 정도는 갖고 있단 말이다!"

태현은 순간 긴장했다. 생각해 보니 마르덴 후작은 예전에 화신의 권능이 담긴 무기에 당한 적이 있는 뱀파이어. 당연히 그 이후로 대책을 세웠을 것이다.

"네놈이 믿고 있는 사디크! 그놈의 불꽃을 봉인해 주마!"

"……그거 정말 무섭군!"

태현은 사디크 교단에게 속으로 감사 인사를 했다. 그리고 돌격했다.

행운의 일격을 미리 걸어두고 동시에 들어가는 스킬 연격! 폭풍 같이 몰아치는 치명타들. 그러나 마르덴 후작은 그 정도 공격은 그대로 맞으며 감수했다.

"강력한 카인의 이름으로 선포하노니, 놈의 사디크의 불꽃을 되돌리겠다! 화신이 되기 전 인간일 때의 불꽃으로 돌아가거라!"

"아! 너무 무섭다!"

태현은 비웃듯이 외치며 마르덴 후작을 계속해서 후려갈겼다. 마르덴 후작이 미리 걸어놓은 방어막들은 다 찢겨 나가고 이제 후작의 몸통에 대미지가 들어가기 시작했다. 그러나 태현의 몸에서는 미동도 하지 않는 상황!

"어째서냐?!"

"사디크는 너 따위 뱀파이어보다 더 강력한 신이다, 마르덴 후작!"

"그럴 리가……. 이, 이런! 이 버러지 같은 놈……! 네가 믿는 신을 속인 것이냐! 어떻게 그런 짓을!"

"엄밀히 말하자면 네가 스스로 속은 건데."

"닥쳐라!"

"그리고 나는 화신이니 그냥 내가 신 아닌가? 내가 내 이름 좀 속이겠다는데 뭐 어쩔 거야?"

태현은 심드렁하게 대답했다. 보아하니 마르덴 후작의 저 스킬은 신의 이름을 모르면 제대로 걸 수 없는 것 같았다.

그렇다면 태현이 두려워할 필요는 없는 상황!

"……두고 보아라, 버러지 같은 놈. 오늘 밤이 끝나기 전 너는 죽을 테니까!"

그 말과 함께 마르덴 후작은 뒤로 빠져나갔다. 이곳에 계속 혼자 있어 봤자 좋을 게 없다는 걸 깨달은 것이다. 주변에는 온통 강력한 적뿐이었으니까.

-상급 흡혈 회복!

성문으로 물러나자마자 마르덴 후작은 회복 주문을 외웠다. 주변에 있던 용병대들의 시체에서 피가 쭉쭉 빨려 나오더니 마르덴 후작의 상태가 회복되었다.

성벽 위에서 그걸 본 플레이어들은 질색했다.

"우와. 무슨 바퀴벌레도 아니고……."

"성기사급 생존력이네."

"뱀파이어 진짜 기분 나쁜 종족 아니냐?"

듣는 에반젤린은 속으로 투덜댔다.

'왜 뱀파이어만……!'

회복한 마르덴 후작은 외쳤다.

"길을 만들어라!"

어쨌든 성문은 뚫은 상황. 안으로 계속 밀고 들어가 성안에서 싸워야 했다. 마르덴 후작의 군대가 쏜살같이 전진하기 시작했다. 메꿔진 해자 위로 올라가고 성문 주변의 성벽을 부수고…….

그러자 태현이 명령했다.

"모두 성벽 주변에서 물러나라."

갑자기 물러서는 병사들과 플레이어들. 마르덴 후작의 군대는 의아해했지만 멈추지는 않았다.

적이 후퇴할 때 몰아치는 건 전술의 기본!

그 순간 재앙이 들이닥쳤다.

콰콰콰콰콰콰콰콰콰콰콰콰콰쾅!

성벽과 성문, 어디 한군데에서 일어나지 않고 전체에서 일어나는 대폭발! 그 많은 폭탄은 해자나 길목이 아닌 성벽과 성문 안에 들어가 있었던 것이다.

[칭호: 성벽 파괴자를 얻었습니다.]

[성 파괴자 칭호와 성벽 파괴자 칭호가 합쳐져 위대한 파괴자 칭호로 변합니다.]

[서버에서 처음 얻은 칭호입니다. 각 스탯이 25씩 증가합니다.]

칭호: 위대한 파괴자

위대한 파괴자, 이제 당신이 파괴할 것은 무엇일까요?

기계공학 관련 NPC를 상대할 때 친밀도 상승, 드워프, 고블린 상대 시 친밀도 상승, 성주 NPC 상대로 특정 반응이 일어날 수 있음. 폭탄 아이템 제작, 사용 시 추가 보너스. 폭발의 설계에 추가 보너스.

[마르덴 후작의 군대를 대량으로 쓰러뜨렸습니다. 명성이 크게 오릅니다.]

[악한 뱀파이어들이 당신의 이름을 기억합니다.]

[악한 군대를 상대로 맞서 싸워서 크게 타격을 입혔습니다. 선한 이들을 상대할 때 추가 보너스를 받습니다.]

[전술 스킬이 크게 오릅니다.]

[기계공학 스킬이 크게 오릅니다.]

[중급 전술 스킬이 레벨 5에 도달했습니다. 부하들을 지휘할 때 추가 보너스를 받습니다. 지휘 가능한 부하들의 숫자가 늘어납니다. <뛰어난 지휘관에 대한 믿음> 패시브 스킬을 얻습니다. 부하들이 공포에 강한 저항을 갖습니다.]

[각국의 귀족들이 이번 일에 대해서 듣고 싶어 합니다.]

자리에 있던 모든 플레이어들이 입을 벌렸다.

아농 성 정면에 있는 성벽과 성문을 통째로 무너뜨려 버리는 과감한 전략!

이런 건 생각지도 못했다. 아니, 생각했다고 하더라도 할 수도 없었다. 성 주인인 귀족이 미치지 않고서야 이런 걸 허락하겠는가?

이런 게 가능한 건 오로지 인맥이 두터운 태현뿐이었다.

우르르르-

성벽과 성문 주변에 있던 마르덴 후작의 군대는 완전히 박살이 났다. 재앙이라고 해도 과언이 아니었다. 대형 언데드 괴물들은 떨어지는 바윗돌에 맞아서 깔리고, 용병대들은 허겁지겁 도망치다가 폭발에 휘말려서 박살이 났다.

간신히 빠져나온 건 안개화를 쓴 마르덴 후작과 뱀파이어들 정도! 그러나 그들도 워낙 대폭발이었기에 엉망진창이었다.

태현은 악랄하게 그 폭탄에도 은을 잔뜩 넣어둔 것이다.

가격 따위는 상관하지 않는다! 상대만 쓰러뜨릴 수 있다면!

"크……."

완전히 폐허가 된 아농 성 앞쪽을 보며 태현은 스스로에게 감탄했다.

이게 기계공학이지!

마법에 비하면 한정적이고 불안정이라고 구박만 받지만, 재료와 시간만 준다면 마법은 생각지도 못하는 결과를 만들어내는 스킬!

-태현 씨. 태현 씨.

-예?

-지금 방송 시작하려고 하는데, 괜찮으신지 여쭤보려고 연락드렸습니다.

-아. 괜찮아요. 괜찮아. 전 멀티태스킹 됩니다.

-그러면 방송 연결해도 괜찮겠죠?

-그러세요.

태현은 배장욱의 연락을 받아 태현 주변의 화면을 공유했다. 배장욱은 눈을 깜박였다. 태현 주변이…… 뭔가 이상했던 것이다.

활활 타오르는 폐허! 산더미 같은 적의 시체들!

'이게 대체 어디야?'

-영지 아니었습니까?

-영지요?

-절망과 슬픔의 골짜기요.

-아. 여긴 아농 성인데요.

-?!

배장욱은 다시 한번 놀랐다. 왜 아농 성에 김태현이 와 있는지도 궁금했지만, 그보다는 지금 멀쩡한 아농 성이 완전히 박살이 난 게 더 궁금했다.

"저…… 지금 방송 시작해야 하는데……."

"잠, 잠깐만. 조금만 묻고."

질문을 받아서 진행하기로 한 김수아가 곤란한 듯이 말했지만 배장욱은 손을 내저었다.

-지금 왜 아농 성에 있는 겁니까?

-퀘스트 때문에 있죠, 뭐.

대화를 하며 배장욱은 바로 검색에 들어갔다. 찾는 건 당연히 '아농 성'과 '퀘스트'와 '김태현'!

영상과 글들이 쏟아져 나왔다. 배장욱의 입이 떡 벌어졌다.

-그러니까 지금 퀘스트가…….

시청자의 질문을 받기로 해놓고 자기가 묻는 배장욱!

-아니, 왜 우리 질문은 안 받아줘요?

-지금 시작이라면서요? 아직 시작 안 했어요?

김수아는 불만 섞인 시청자들을 달랠 수밖에 없었다.

빠르게 검색으로 정보를 얻고 태현의 설명까지 듣자 배장욱의 입은 점점 더 벌어졌다.

순간 드는 생각.

'그냥 이걸 생방송으로 해버릴걸!'

이런 볼거리를 모르고 있었다니. 스스로 반성할 일이었다.

'아니, 괜찮아. 어차피 이건 녹화 방송으로 따로 나가니까!'

"저, 방송 시작해야 한다니까요?"

"아, 미안해! 시작! 시작!"

김수아는 헛기침하고 태현에게 말을 걸었다.

"태현 씨, 안녕하세요? 지금 태현 씨 주변 영상을 시청자분들이 보고 있어요."

"아. 예."

태현 주변은 활활 타오르는, 폐허가 된 성벽!

그걸 본 사람들은 폭주해서 물어보기 시작했다.

-아농 성에서 대체 뭐가 일어난 거야???

-저 성벽 누가 부쉈냐? 뭐로 부순 거야? 마법으로 저렇게 부술 수 있어?

-또 드래곤을 소환한 겁니까?

질문이 너무 많이 쏟아져 나와서 골라야 하는 김수아가 당황할 정도였다. 김수아는 일단 무난한 질문부터 시작했다.

"지금 아농 성에서 퀘스트를 하고 계신 건가요?"

"네."

"성벽이 완전히 무너졌는데 왜 무너진 거죠? 적 몬스터? 마법?"

"아뇨. 제가 무너뜨렸는데요."

"……."

너무 당당한 태현의 대답에 김수아는 멈칫했다.

혹시 잘못 들었나?

"네?"

"적이 좀 많아서 한 번에 보내려고 같이 무너뜨렸습니다."

"어, 어떻게요? 그런 마법이 있나요?"

"기계공학으로요."

"기계공학?!?!"

둘의 대화에 시청자 댓글란은 다시 한번 뜨거워졌다.

-뭐? 기계공학? 그거 배우는 놈 있냐?

-대장장이 중에 변태들은 그거 배운다던데.

-완전 똥스킬이잖아?

-그걸로 저걸 어떻게 무너뜨려?

"기…… 기계공학으로 성벽을 무너뜨릴 수 있나요?"

"일단 폭탄을 만들어서……."

뭔가 비법을 말하는 것 같은 태현의 모습. 김수아는 기대되는 마음으로 다음 말을 기다렸다.

과연 어떤 스킬로 성벽을 무너뜨린 것일까?

"그냥 많이 만들었죠."

"……."

김수아는 한 대 맞은 것 같은 느낌을 받았다. 그러나 그녀는 뛰어난 진행자였다. 황당함을 추스르고 다음 질문으로 넘어갔다.

"그, 그러면 시청자분들이 많이 하신 질문들을 물어볼게요. 직업은…… 비공개로 하셨죠?"

"네. 직업은 공개할 생각 없습니다."

"어떤 계열인가요?"

"뭐…… 대장장이 계열?"

태현은 대충 말했다. 다른 사람들이야 알아서 속아주겠지.

"역시 그렇군요. 태현 씨 대장장이 스킬에 대해서는 카테란드 섬 퀘스트 때부터 이야기가 많았었죠?"

"그랬었나요? 별로 기억에 없어서."

"다음 질문은 희귀 직업이냐, 영웅 직업이냐는 질문인데요. 이건 대답 가능하신가요?"

"둘 다 아닙니다."

"?!"

김수아는 깜짝 놀랐다. 옆에서 배장욱이 신호를 보냈다. 더 묻지 말라는 뜻.

'어떤 직업인지 말하고 싶었다면 김태현이 그냥 말했겠지! 넘어가!'

'아. 네.'

"다음 질문은…… 판타지 온라인 1의 김태현과 어떤 상관이 있냐는 질문이네요."

"제가 팬이었습니다."

얼굴에 철판을 깐 대답!

태현은 뻔뻔하게 대답했다. 이것만큼 사람들이 믿기 좋은 거짓말도 없었다.

"아. 그러셨군요! 하긴, 김태현 플레이어는 팬이 많았었죠. 그만큼 강렬했었고."

"잘생기고 인성도 좋았었죠."

"네? 아니, 그랬나요……?"

애초에 투구를 쓰고 다녔는데 잘생겼다는 게 성립이 되나? 김수아는 당혹스러웠지만 태클을 걸지는 않았다.

"다음 질문. 잠깐. 그런데 이렇게 질문을 받아도 되나요? 싸움이 다 끝난 건가요?"

"다 안 끝났는데, 어차피 알아서 올 겁니다."

태현은 끝까지 먼저 가지 않았다.

극한의 '니가 와' 전법!

마르덴 후작이 지금 성벽을 통째로 쓴 함정을 맞고도 이성이 남아 있다면 인정해 줄 생각이었다.

이걸 당하고도 깔끔하게 후퇴할 수 있다면 후퇴해라! 쫓지 않을 테니!

그러나 태현은 믿었다. 마르덴 후작이 미쳐서 돌격해 올 거라고. 그걸 믿고 있었기에 여유가 있었던 것이다.

"앗. 네. 그러면…… 절망과 슬픔의 골짜기에 영지를 건설하시는데 먼저 가서 자리를 잡고 있으면 혹시 혜택 같은 거 있나요?"

태현은 고개를 갸웃거렸다. 영지 건설이라니. 그런 건 생각도 없었는데.

"뭐, 먼저 와서 자리 잡으면 뭐라도 더 챙겨 드리겠습니다. 별로 어려운 것도 아니고."

-!

-각이냐? 이거 각이냐?

"다음으로, 이런 말도 있네요. '유명한 랭커들은 다른 플레이어들을 무슨 자기 장기 말처럼 쓰고 버리던데, 김태현 플레이어는 데리고 온 다른 플레이어들을 끝까지 챙기려는 모습이 참 마음에 와 닿았습니다.' 훈훈하네요. 그렇죠?"

"전 별로 챙긴 적 없는데요."

"너무 겸손하실 필요 없어요, 김태현 플레이어."

"아니, 진짜로 없는데."

태현은 심드렁하게 대답했다. 방송용 이미지를 신경 쓸 거였다면 애초에 이렇게 살지 않았을 태현이었다.

-츤데레라니까.

-한국인이니까 한국식으로 김첨지 같다고 하자!

-뭐라는 거야?

-저 미국인인데 김첨지가 누구예요?

그러는 사이 박살이 난 마르덴 후작의 남은 군대가 움직이기 시작했다. 성문 너머에서 모이는 걸 보며 태현은 사람들을 불러모았다.

"이런. 지금 급하실 테니 마지막으로 하나만 묻겠습니다."

"별로 안 급하지만 하나만 묻겠다니 좋네요."

"……앞으로의 계획은 뭔가요?"

"뭐, 퀘스트 깨고 성장하고…… 아. 그리고 한 명은 찾아서 PK를 하려고요."

"와. 김태현 플레이어도 싫어하는 플레이어가 있군요? 그 사람은 간담이 서늘하겠네요."

"싫어하는 건 아니고 하찮게 여깁니다."

극한의 디스!

생방송으로 태현의 문답을 보고 있던 김태산은 주먹을 불끈 쥐었다.

저게 누구를 말하는 거겠는가!

화면 밑에 시청자들이 다는 댓글들이 빠르게 올라왔다.

-누구냐? 김태현이 싫어하는 놈이?

-글쎄? 그런 플레이어가 있나?

-잡아다 바치거나…… 아니, 정보만 제보해도 김태현이랑 친해질 수 있는 거 아냐?

-젠장, 김태현하고 친구하고 싶다!

"오냐, 이놈아! 어디 한번 해봐라!"

김태산은 눈을 부릅뜨고 외쳤다. 그의 길드도 눈부신 속도로 성장하고 있었다.

태현한테 밀리지 않을 정도로 빠르게 강해지고 있는 그들!

김태산의 길드원들은 리×지 때부터 단련된 단결력과 팀워크가 있었다. 때로는 돈으로, 때로는 힘으로. 퀘스트와 몬스터를 김태산에게 몰아주는 형식으로 폭렙!

조금만 더 있으면 김태산은 랭커급도 바라볼 수 있었다.

절대로 지지 않겠다!

"들어라, 버러지! 여기 고성에서 잡힌 모험가들이 있다!"

"뭐? 아직도 인질이 남았다고? 그냥 죽이지 그랬어?"

"허세 부리지 마라! 사디크 교단 놈들은 네가 사디크를 믿지 않으니까 그랬겠지. 하지만 이 모험가들은 어떨까?! 그 성에서 칭송받는 네가 과연……."

마르덴 후작은 고성에 포로로 잡아놨던 파티를 끌어내서 외쳤다. 포로로 잡힌 그들은 사망 페널티 때문에 시무룩해져서 뱀파이어 전사들 사이에 묶여 있었다.

어떻게든 태현을 도발해서 성 밖으로 끌어내려는 속셈!

그러나 태현은 마르덴 후작이 딱해질 정도였다. 이제 다 잃고 박살 나서 인질극에 의존할 수밖에 없다니. 어쩌다 저렇게 됐나!

"활."

"네?"

"활 내놓으라고."

"아, 여기 있습니다!"

궁수 플레이어는 신이 나서 태현한테 활을 내밀었다.

태현이 그의 활을 써준다니!

[화살을 즉석에서 개조합니다.]

[은이 내장된 폭탄이 매달린 화살로 개조됩니다.]

"……이놈들이 죽는 걸 보기 싫다면 당장 나와라! 너와 나 단둘이 승부를 가리자! 듣고 있나! 너와 나 단둘이 승부를 가리면 이놈들의 목숨은 살려……."

쐐애애액!

태현은 듣지도 않고 파티를 겨냥해 쏴버렸다.

한 발도 아니라 잡히는 대로 연사! 인질이야 맞든 맞지 않든 무슨 상관이냐! 마르덴 후작만 잡으면 그만이지!

마르덴 후작한테 의지를 표현하려면 이게 제일 빨랐다.

"어, 어, 어……?!"

묶여 있던 파티는 일말의 희망을 갖고 고개를 들었다가, 태현이 바로 화살을 쏘자 당황해서 눈을 깜박였다.

"아니, 이건……?!"

콰콰쾅!

은 폭탄이 터지고 연기가 풀풀 뿜어져 나왔다.

놀랍게도 피해를 입는 건 뱀파이어들뿐!

폭탄이 터져 나간 파편이 뱀파이어들만 정확하게 후려갈긴 것이다.

"감, 감사합니다!"

"고마워요!"

태현은 눈을 가늘게 떴다. 주변 뱀파이어들은 대미지를 입은 것 같았지만 잡힌 플레이어들은 멀쩡한 상황.

"마르덴 후작이 이해를 못 했겠는데? 다시 쏴서 대미지를 입혀야겠다."

"아니, 아니! 그러실 것까지야 있습니까?!"

"맞아!"

에반젤린과 구성욱이 허겁지겁 달려들어서 말렸다.

"왜? 마르덴 후작을 끌어들여야 한다니까."

"그냥 있어도 올 겁니다!"

"에이. 내가 인질 따위는 신경 쓰지는 않는다고 확실히 알려줘야 저놈도 나를 잡으려고 직접 오겠지. 저렇게 살려두면 오해할 거 아니야."

에반젤린은 필사적으로 태현의 팔을 붙잡고 늘어졌다.

그러는 사이 입을 연 것은 마르덴 후작이었다.

"……드디어 알겠다!"

"날 잡을 방법은 여기로 오는 것밖에 없다는 걸 알았나?"

"아니, 버러지! 네가 힘을 빌리는 신은…… 아키서스로군!"

"……!"

태현은 놀랐다. 그러나 내색하지 않고 태연한 척했다.

"아키…… 누구?"

"거짓말은 통하지 않는다, 버러지……. 그 특유의 회피와 행운…… 아키서스가 아니라면 설명이 되지 않지. 이게 무슨 인연이란 말이냐. 나를 다치게 했던 그놈이 믿던 신을 다시 만나게 되다니, 잘됐구나. 오늘 내가 아키서스 그 잡신을 다시 대륙의 그림자 속으로 묻어주겠다!"

마르덴 후작은 드디어 확신을 가진 것 같았다.

태현은 롱소드 유성을 뽑아 들며 대답했다.

"어쨌든 네가 여기로 오겠다, 이거지?"

"오냐! 죽여주마!"

마르덴 후작은 HP를 깎아서 상대방의 앞으로 바로 순간이동하는 스킬을 사용했다. 아농 성 마법사들이 걸어놓은 방해 마법 따위는 무시해 버리는 사기 스킬!

"?!"

"내가 아키서스 그 %#*&@$&한 놈 때문에 얼마나 이를 갈았는 줄 아느냐! 받아라. 이것이 나의 원념이다!"

태현의 예상을 뚫고 빠르게 접근한 마르덴 후작. 태현은 당황해서 뒤로 물러서려고 했다.

그러나 마르덴 후작은 몸을 폭발시키듯이 늘려 태현을 칭칭 감았다. 붉은 안개로 감긴 태현은 더 이상 이동할 수가 없었다.

폭탄도 치명타를 넣어도 빠른 시간 안에는 탈출 불가능!

"어림도 없지! 이 스킬은 신성을 가진 놈을 봉쇄하기 위해 마법의 대가인 내가 만든 마법. 보아라! 강력한 카인의 이름으로 선포하노니, 놈이 갖고 있는 아키서스의 행운을 되돌리겠다! 화신이 되기 전 인간일 때의 행운으로 돌아가거라!"

태현이 놓치고 있던 것은 하나. 마르덴 후작이 아키서스 교단 마법사에게 한 번 당하고 나서 얼마나 이를 갈았는지였다. 이제까지 호구처럼 당하고만 있었지만, 본신의 힘으로 가면 마르덴 후작은 강력한 뱀파이어이자 마법사!

그런 마르덴 후작이 미리 짜놓은 대(對) 아키서스 전략을 쉽게 풀 수는 없었다.

마르덴 후작의 전신에서 붉은 기운이 폭주하듯이 솟구치더니 태현에게 작렬했다.

"봉인되어라! 아키서스의 버러지!"

태현이 마르덴 후작에게서 한 가지 놓치고 있었듯이, 마르덴 후작도 한 가지 놓치고 있던 게 있었다. 사디크 교단은 사디크를 믿으면 사디크의 불꽃이란 힘을 받았다. 데메르 교단은 데메르를 믿으면 데메르의 흙이라는 힘을 받았다.

이렇듯 신은 보통 믿고 나서 힘을 받았다. 즉 믿기 전으로 시간을 되돌리면 그 힘은 사라지게 되어 있었다.

그러나 아키서스는 달랐다. 이미 있는 신을 믿어야 힘을 받는 게 아닌, 스스로 힘을 갖고 있어야 화신으로 인정받는 잊혀진 신. 화신이 아닌 인간일 때의 행운으로 돌려봤자…….

[마르덴 후작의 시간 역행의 저주로 행운 스탯이 변동합니다.]

[행운 스탯이 화신 직전의 행운으로 돌아갑니다.]

[현재 행운 스탯: 2,500]

천하의 태현도 당황할 수밖에 없는 상황. 방어를 뚫고 들어와서 바로 저주를 작렬시킨 마르덴 후작의 솜씨도 당황스러웠지만, 더 당황스러운 건 롤백된 태현의 행운이었다.

"어…… 음……."

"크핫핫핫핫핫! 어떠냐! 네가 믿는 신에게 버림받은 기분을! 네가 믿는 신이 준 힘을 빼앗긴 기분을!"

"저기…… 그러니까……."

"어디 한 번 아까처럼 컥!"

"말 좀 들어라, 이 고마운 자식아!"

태현은 마르덴 후작이 떠드는 사이 행운의 일격을 몇 번이고 사용한 다음 유성을 들어서 후려갈겼다.

"?!"

"미안한데 난 아키서스한테 받은 거 없다."

"말, 말도 안 돼……!"

믿은 적도 없고, 강제로 전직된 직업!

"공격해라!"

그제야 정신을 차린 아농 성 안의 모든 플레이어와 NPC들이 마르덴 후작을 맹렬하게 공격하기 시작했다.

"크아아악! 내 종복들아! 여기로 와라!"

"예, 주인님!"

마르덴 후작을 따르던 뱀파이어들도 부서진 성벽을 넘어 달려들었다.

최후의 결전! 여기서 마르덴 후작을 잡아야 했다.

태현은 결연하게 각오를 하려고 했…….

'아. 진짜. 웃음을 참을 수가 없네.'

싸우려고 해도 날로 먹은 행운에 웃음이 나왔다.

싱글벙글!

옆에서 싸울 준비를 하고 있던 에반젤린이 걱정스러운 목소리로 물었다.

"괜찮아? 디버프 걸린 거 같은데. 싸울 수 있겠어?"

"디버프…… 그래. 디버프라고 하면 디버프겠네. 근데 넌 왜 떨어져 있냐?"

에반젤린은 평소와 달리 거리를 두고 말을 하고 있었다.

"행운 내려갔으면 페널티 받을까 봐……."

"그런 거 없어!"

태현은 호쾌하게 외치고서는 마르덴 후작에게 달려들었다.

"후장! 이 은혜를 갚아주지!"

앞으로 태현에게 있어서 마르덴 후장, 아니, '마르덴 후작 같다'는 표현은 아낌없이 주는 나무 같은 사람한테 쓰는 표현이 될 것!

쾅! 콰콰쾅! 콰쾅!

마르덴 후작은 대량의 마나를 쓴 저주에도 태현이 영향을 받지 않았다는 사실에 당황했지만, 바로 대응에 들어갔다. 아농 성의 플레이어들과 NPC가 동시에 공격을 퍼붓는데도 한 발자국도 물러나지 않는 것이 바로 마르덴 후작!

주변에 몇 겹으로 붉은색 구(球) 형태의 보호막이 생기고, 플레이어들의 공격이 그 위로 작렬했다. 근접 계열 플레이어들은 오러가 치솟는 무기를 들고 덤벼들었다.

"안 돼! 물러서!"

에반젤린은 비명을 지르듯이 말했다.

레벨 높은 뱀파이어 상대로 근접전은 미친 짓!

"크흐흐흐……."

마르덴 후작은 몸을 안개로 변형시켜서 가까이 붙은 플레이어들을 감쌌다.

그리고 흡혈!

[마르덴 후작이 당신을 포박하고 흡혈합니다. 저항에 실패합니다. HP가 감소합니다!]

플레이어들을 흡혈하며 빠르게 HP와 MP를 회복하던 마르덴 후작은 뒤에서 누군가가 접근한다는 걸 깨달았다. 겉모습을 보니 지금 흡혈당하고 있는 버러지와 비슷한 전사!

"멍청하구나, 버러지!"

마르덴 후작은 별생각 없이 몸을 뻗어 다가오는 사람을 붙잡았다.

"안녕?"

"?!?!"

그러나 들어온 것은 태현!

그사이 변장 스킬을 사용해 다른 전사인 것처럼 위장해서 접근한 것이다. 몇 번이고 겹친 도발로 판단력이 흐려진 마르덴 후작은 태현의 변장을 꿰뚫어 볼 수 없었다.

콰콰콰쾅!

"크아아악!"

태현은 갖고 있는 은 관련 무기는 다 때려 박았다. 폭탄이 내장된 은제 검, 은 조각들을 안에 박은 폭탄 등…….

흡혈이 풀린 마르덴 후작은 이를 갈며 물러섰다. 방어막이 풀린 순간을 사람들은 놓치지 않았다.

"공격!"

-아르카헤트의 끓어오르는 용암!

-짓누르는 두 손!

-카흘라단의 번개! 카흘라단의 번개! 카흘라단의 번개!

정수혁은 이번 퀘스트에서 가장 많이 성장한 사람 중 하나였다. 레벨 차이가 나는 몬스터들을 사냥한 것도 모자라서 새로운 직업까지 얻은 것이다.

이 모든 게 태현과 같이 다니고서부터 얻은 영광!

정수혁은 반드시 태현에게 도움이 되어서 인정받겠다는 일념으로 마법을 퍼부었다. 그리고 카흘라단의 번개가 연속으로 뿜어져 나갔다. 다른 효과들과 함께!

"?!"

첫 번째 카흘라단의 번개는 마르덴 후작을 후려갈기고, 동시에 마르덴 후작에게 시야 감소의 저주를 걸었다. 두 번째 카흘라단의 번개는 마르덴 후작을 후려갈기고 정수혁의 주변에 방어막을 걸었다. 세 번째 카흘라단의 번개는 마르덴 후작을 후려갈기고 자신의 방어막 위로 화염 화살을 쏘았다.

퍼퍼펑!

"?!"

주변에 있던 마법사들은 정수혁이 갑자기 자기 방어막 위로 화염 화살을 쏘아대자 기겁했다.

"뭐야!?"

"마법 실패했어? 이럴 때 그런 마법 쓰면 안 되지! 한두 번 해봐?"

마법은 실패하면 가끔 역효과가 일어났다. 재수 없으면 자기를 공격하는 일도 종종 있을 정도. 그들은 당연히 정수혁도 그런 거라고 생각했다.

그러나 정수혁은 당황한 표정으로 고개를 저었다.

"아, 아니……."

일단 정수혁은 다른 사람들의 말대로 쓰는 마법을 바꾸었다. 초보자 시절부터 쓰던 마법, 하급 매직 애로우!

그러나 마나로 된 화살이 날아가는 것과 동시에…….

"으허허억?!"

마르덴 후작의 땅 밑이 꺼지더니 그를 구덩이 안으로 밀어 넣었다. 그걸 본 다른 마법사들의 눈동자가 크게 떠졌다.

'저렇게 방어하고 있는 마르덴 후작을 뚫었다고?'

'대체 레벨이 몇이길래?'

'김태현하고 같이 다니던데, 역시 차원이 다르구나!'

다른 플레이어들은 그렇게 알아서 오해를 쌓아갔다. 까맣

게 타들어 가는 정수혁의 속마음은 전혀 모르는 채로!

-멍청아. 〈아키서스의 마법〉이다.

-예? 선배님?

-새로 전직을 했으면 그 직업을 알아볼 생각을 해야지!

<아키서스의 마법>

마법을 사용 시 특정한 효과를 추가로 부여합니다. 사용자의 신성과 아키서스 교단의 세력에 따라 영향을 받습니다.

그제야 알 수 있었다. 마법을 사용할 때마다 특정한 랜덤 효과가 추가되는 것이 바로 이 〈아키서스의 마법〉스킬!

'이게 뭐야?!'

우직한 정수혁도 당황할 수밖에 없었다. 매번 마법을 쓸 때마다 추가로 랜덤 효과가 나온다니.

'무슨 토×피의 손가락 흔들기야?!'

그러나 당황할 시간도 없었다. 마르덴 후작이 최후의 발악에 나선 것이다.

"크아악! 이 하찮은 버러지들이 정말로!"

계속 버티고만 있다가는 집중 공격으로 쓰러질 것이라는 걸 깨달았는지, 구덩이에서 튀어나와 앞으로 달려들었다.

노리는 것은 마법사들!

방어는 포기하고 몇 대 맞더라도 그들을 쓰러뜨릴 생각이었다. 게다가 마르덴 후작은 뱀파이어. 적을 쓰러뜨리기만 흡혈로 HP 회복이 가능했다.

콰콰쾅!

"어디 가십니까, 후장님!"

"너 이 버러지가 진짜!"

준비한 폭탄과 소모성 아이템은 전부 썼지만 상관없었다. 태현은 마르덴 후작의 앞에서 눈부신 공격을 펼쳤다. 훨씬 더 빠르고 강력한 적을 상대할 때야말로 '진짜' 실력이 빛나는 법!

상대의 동작을 먼저 읽고 예측한 다음 최소한으로 피하고 다시 반격에 들어간다.

투콰콰콱-

치고 빠지고 치고 빠지고의 연속!

분노로 눈이 돌아간 마르덴 후작의 공세는 저번과는 달리 많이 무뎌져 있었다. 엄청나게 빠르고 위협적이었지만 그뿐! 태현이 상대하기에는 최적이었다.

'우선 공격을 분류한다.'

1초 사이에 정신없을 정도로 공격과 스킬이 오가는 상황에서도 태현의 마음은 차분했다.

'피할 정도로 위협적인 공격이라면 먼저 피한다. 아니라면

그냥 피하고, 움직임이 꼬일 거 같다면 행운으로 견딘다.'

"어, 어떻게 하지?"

"젠장! 조준을 할 수가 없어!"

태현과 마르덴 후작이 미친 듯이 움직여가면서 서로를 공격해대는 모습을 본 사람들은 당황했다.

지금 공격했다가는 태현도 범위에 들어가는 것!

"그냥 쏴!"

"네? 그럴 수는……."

"구성욱! 이것들이 안 쏘면 제작법은 없다! 쏘게 해!"

"?!"

긴장한 얼굴로 싸움을 지켜보던 구성욱은 당황해서 외쳤다.

"쏴! 어차피 쏴도 김태현은 견딜 수 있으니까!"

"그게 정말입니까?"

'나도 모르지! 이 자식들아!'

구성욱은 울고 싶었다. 그렇지만 지금 가장 필요한 건 제작법!

"그래! 쏘라고!"

콰콰쾅! 쾅!

다시 궁수들과 마법사들의 폭풍 같은 공격이 시작되었다. 마르덴 후작은 사방팔방에서 들어오는 공격에 정신을 차리지 못했다. 아무리 강한 보스 몬스터라도 이렇게 계속 포위되어서 집중 공격을 당하면 당해낼 방법이 없었다.

[마르덴 후작이 생명의 위기를 느낍니다.]

[도발 상태가 풀립니다!]

도발이 풀린 건 아쉬웠지만 적의 목숨이 거의 끝나기 직전이라는 건 알 수 있었다.

"이럴 수는…… 없단 말이다!"

마르덴 후작은 일단 눈앞의 태현을 치우고 포위망을 뚫고 나가려는 것 같았다.

-카인의 붉은 창!

짙고 검붉은 창이 마르덴 후작의 팔에 생겨났다. 미친 듯이 회전하며 섬뜩한 소리를 내는 창. 마법이나 저주가 아님에도 불구하고 태현은 본능적으로 느꼈다.

저건 뭔가 위험하다! 행운만 믿고 회피를 하기에는 섬뜩한 스킬.

태현은 바로 자리를 잡고 롱소드 <유성>을 뒤로 넘겼다.

쓰려는 것은 반격의 원. 주변에 온갖 마법이 떨어지고 화려한 효과가 펼쳐져도 태현의 마음은 흔들리지 않았다. 오로지 마르덴 후작에게만 정신을 집중하고 있었던 것이다.

마르덴 후작의 몸이 연신 흔들렸다. 날아오는 화살과 마법에 두들겨 맞아서였다. 그러나 태현은 그 사이에서 꿈틀거리는 후작의 움직임을 놓치지 않았다.

콰아아아앙!

[반격의 원을 정확히 성공시켰습니다. 반격의 원 스킬 레벨이 5로 오릅니다.]

[이제 반격의 원을 성공시킬 시 추가 대미지가 들어갑니다.]

[검술 스킬이 오릅니다.]

귀를 찢는 굉음과 함께 연기가 사람들의 시야를 가렸다. 주변을 둘러싸고 있던 사람들은 눈을 깜박였다.

방금 마르덴 후작이 뭔가 강력한 스킬을 쓴 것 같았는데, 어떻게 된 거지?

"크……으윽……."

뒤로 튕겨 나가서 부서진 성벽 잔해더미에 처박힌 것은 태현이 아닌 마르덴 후작이었다.

"!!"

"어떻게 한 거지?"

"너, 너는 봤냐?"

"아니. 나도 못 봤는데……."

옆에서 압도된 플레이어들이 떠들어댔지만 태현은 무시하

고 앞으로 달려 나갔다.

지금은 끝을 낼 때!

마르덴 후작은 스스로 쓴 스킬에 당해서 움직이지 못하고 있었다. 저걸 맞았으면 어떻게 됐을지 두려울 정도였다.

-치명타 폭발, 강타!

"크아아아악!"

폭딜 수단은 모조리 동원해서 공격을 집어넣는 태현!

마르덴 후작의 입에서 성벽을 뒤흔들 정도의 고함이 터져 나왔다.

"이럴 수는…… 이럴 수는…… 영웅인 내가 이런 곳에서 죽다니……!"

"악역 주제에 주인공 대사 하지 말고 그냥 죽지그래?"

"크…… 크크…… 오냐. 이 아키서스 놈……! 내게 두 번이나 굴욕을 안긴 놈에게 얌전히 죽어줄 것 같으냐!"

"?!"

마르덴 후작이 뭔가 불길한 소리를 하며 손을 뻗자 태현은 급하게 롱소드를 휘둘렀다.

원래 악당이 최후 대사를 하거나 숨겨진 힘을 꺼내려는 건 그냥 두고 보면 안 되는 법!

그러나 마르덴 후작은 롱소드에 베여 나가면서도 목적을 달성했다.

[타락한 고대 뱀파이어, 마르덴 후작을 쓰러뜨렸습니다.]

[명성이 오릅니다.]

[사키드 뱀파이어들 사이에서 당신의 평판이 올라갑니다.]

[타락한 뱀파이어들의 적대도가 최고치가 됩니다.]

[아이템을 얻었습니다.]

…….

어지럽게 뜨는 메시지창을 뚫고, 마르덴 후작의 마지막 한 수가 등장했다.

[마르덴 후작이 몸에 박힌 아키서스 교단 마법사의 지팡이를 파괴시킵니다.]

[지팡이 안의 권능이 파괴됩니다.]

"?!?!!"

얼마나 한이 맺혔으면 죽는 그 순간에 태현을 최대한 엿 먹일 수 있는 방법을 선택할 수 있을까!

그만큼 태현이 마르덴 후작을 괴롭히고 괴롭히고 괴롭혔던

탓이었다.

-절대 네가 원하는 걸 가져갈 수는 없을 것이다!

마르덴 후작의 몸에 박힌 지팡이의 조각이 눈부신 흰색으로 빛나더니 그대로 터져 나갔다.

"으아아앗!"

주변에 있던 플레이어들은 무슨 일이 생겼나 싶어 비명을 지르며 눈을 가렸다.

[아키서스의 권능이 담긴 지팡이가 파괴됩니다.]

[화신의 자격으로 지팡이 안에 남은 힘을 흡수합니다.]

[신성이 크게 오릅니다.]

[행운이 크게 오릅니다.]

'잠, 잠깐……!'

권능이 파괴된 것도 파괴된 것이지만, 태현은 당황했다. 지금 마르덴 후작을 잡은 공으로 경험치를 얻을 상황.

여기서 행운이 크게 오르면……!

레벨 업을 위한 경험치도 크게 상승!

'안 돼! 안 그래도 2,500으로 돌아왔는데!'

[현재 행운: 3,500]

"크아아악!"

태현은 한 대 맞은 것처럼 울부짖었다.

대체 권능을 어떻게 담아놨던 건지는 몰라도, 어마어마한 물건이었는지 안에 담겨 있었던 힘이 상상을 초월!

그리고 이후 메시지창이 떴다.

[레벨 업 하셨습니다.]

[레벨 업 하셨습니다.]

딱 2렙!

이번 퀘스트로 인해 참가한 플레이어들은 폭렙을 하고 있었다. 마지막 마르덴 후작 레이드에 참가했던 플레이어들은 더더욱! 태현과 비교하면 숟가락만 얹은 셈이었는데도 그 정도로 레벨 업을 했으니, 마르덴 후작이 어느 정도의 보스 몬스터인지 알 수 있었다.

그렇지만 태현은 딱 두 번 레벨 업했다.

이제 이 행운 3,500이라는 수치가 어느 정도의 경험치를 필요로 하는지 막막하게 느껴질 정도!

'이런 젠장……!'

마르덴 후작은 생각지도 못하게 복수를 한 셈이었다.

CHAPTER 2

태현의 장점은 충격에서 회복이 빠르다는 것이었다. 얼마 지나지 않아서 태현은 충격에서 벗어났다. 권능이 정말 아깝고 아까웠지만 이미 사라진 것. 어쩔 수가 없었다.

그렇지만 마음 한구석에서 맴도는 아쉬움. 부서졌는데 행운과 신성이 그렇게 대폭 오를 정도의 권능이라면 대체 무엇이었을까?

'크윽……!'

마르덴 후작에게 느꼈던 고마움은 싹 사라진 지 오래! 태현은 다른 뱀파이어들을 만나면 화풀이를 하리라 굳게 다짐했다.

[행운이 3,000을 넘었습니다. 행운 부여 스킬을 얻습니다.]

[신탁을 받습니다.]

<행운 부여>

행운 스탯에 따라 장비에 무작위 버프를 걸 수 있습니다. 사용자의 행운에 따라 효과가 달라집니다.

행운 부여. 행운이 일정 수치를 넘음에 따라 얻은 스킬이었다. 아키서스의 권능은 아니었지만 그래도 이게 어딘가.

장비에 마법을 부여하는 건 언제나 좋은 스킬이었다. 싸우기 전에 걸 수 있다는 것만으로도 파티의 전투력이 몇 배는 올랐으니까. 장비에 부여하는 마법을 전공으로 하는 마법사나 사제들은 파티에서 인기가 좋았다.

그러나 태현은 무언가 이상함을 눈치챘다.

'잠깐…… 이거 랜덤이잖아?'

아키서스, 행운과 관련되면 꼭 나오는 단어, 랜덤!

'부여 효과를 랜덤으로 해주는 놈이 어디 있어?!'

놀랄 틈도 없이 다음 신탁이 떴다.

[점점 깨어나고 있는 나의 화신아. 권능을 모으고 신성을 회복시켜라. 대륙의 모든 이들이 내 이름을 알게 해라.]

'해준 것도 없는 놈이 뭔 명령이야?'

다른 교단을 믿는 사제들과 성기사들은 온갖 혜택이란 혜택은 다 받고 있는 와중에, 무에서 유를 창조해야 하는 태현은 신탁도 곱게 들리지 않았다.

[나의 권능이 담긴 아이템은 세상 곳곳에 흩어져 있다. 내 권능이 파괴되더라도 절망하지 말거라. 화신인 네가 있다면 언제든지 되찾을 수 있으니.]

'아. 그런 거였군.'

태현은 이 신탁이 왜 나온 것인지 깨달았다. 얻어야 할 권능이 파괴되자 나온 것이었다.

[에스파 왕국으로 가거라. 아발랍 시에 네가 찾는 것이 있을 테니.]

〈아키서스의 신탁-아키서스의 화신 직업 퀘스트〉

권능을 잃어버렸지만 좌절하기에는 이르다. 화신의 길을 걷고 있는 당신에게 아키서스는 신탁으로 길을 알려주었다.

에스파 왕국의 아발랍 시로 찾아가라. 거기에 당신이 찾고 있는 것이 있을 테니까.

보상: ?, ??

'아발랍 시라…….'

태현은 생각에 잠겼다. 에스파 왕국. 에랑스 왕국에서 남서쪽으로 가면 나오는 왕국이었다.

척박하고 거친 기후에, 무엇보다…….

'오크들이 많은 왕국이었지?'

에스파 왕국은 오크 부족들이 주변에 꽤 있어서, 오크 종족을 고른 플레이어 중에서는 에스파 왕국을 고르는 경우가 많았다.

역시 친해지기에는 같은 종족이 제일!

물론 에스파 왕국의 오크들은 저 멀리 동쪽의 오크 부족들과는 상관이 없는 다른 오크들이었지만, 그래도 오크와 원한이 있는 태현에게는 찜찜할 수밖에 없었다.

이름: 김태현

레벨: 54

직업: 아키서스의 화신

HP: 8,480

MP: 7,890

힘: 307(+35), 민첩: 327(+35)

체력: 357(+35), 지혜: 330(+35)

행운: 3,500(+35)

보너스 스탯: 0

화려하다면 화려한 스탯. 어쩌다가 3,500을 돌파해 버린 행운도 행운이었지만, 다른 스탯들도 변태 같은 수준이었다.

보통 플레이어들은 이런 식으로 스탯을 올리지 않았다. 균형 잡힌 스탯은 멍청이나 하는 짓!

주력 스탯 하나와 보조 스탯 하나, 혹은 주력 스탯 하나와 보조 스탯 둘을 잡고 성장시키는 게 보통이었다. 태현처럼 이렇게 균등하게, 게다가 그 스탯이 몇백 수준인 경우는 정말 보기 드물었다.

'나도 좋아서 이렇게 찍은 건 아니지만…….'

태현은 입맛을 다셨다.

〈아키서스의 변덕〉. 아키서스의 화신의 밥줄이라고 봐도 좋았다. 보상으로 얻을 수 있는 스탯을 늘리는 대신, 보너스 스탯이 랜덤으로 배분되는 것이다. 스탯 성장이 빠르니 불평은 할 수 없었지만 다른 직업이었다면 어마어마한 쓰레기 스킬!

그나마 아키서스의 화신이니 커버가 됐다.

'다른 스탯은…….'

명성: 5,160

악명: 1,620

신성: 1,823

퀘스트 덕분에 미친 듯이 올라간 명성과 신성. 덕분에 신경이 쓰이던 악명은 한동안 신경을 쓰지 않아도 될 것 같았다.

'게다가 백작 작위까지 있으니 어지간하면 상관없겠지.'

악명이 높더라도 백작 작위가 있으면 어떻게든 커버가 됐다. 악덕 백작 같은 칭호가 뜰지도 모르겠지만…….

태현은 스킬을 확인했다.

중급 검술 5 (1%) / 초급 마법 3 (6%)

초급 은신 8 (36%) / 중급 요리 1 (53%)

중급 화술 2 (4%) / 중급 기계공학 1 (77%)

중급 대장장이 기술 6 (26%) / 중급 전술 5 (1%)

한 번에 볼 수 없을 정도로 잡다하게 올라 있는 스킬들!

다른 사람들이 봤으면 합성이라고 했을 것이다. 한 사람이 이런 식으로 스킬을 모두 올린다는 건 말이 되지 않았으니까. 그러나 태현은 아키서스의 화신 버프와 행운 버프로 제작 직업에서 엄청난 보너스를 받고 들어가는 입장. 성장이 빠를 수밖에 없었다.

'마법이 좀 아쉽군. 요즘 쓸 틈이 없어서…… 초급 흑마법도 아직 레벨 6이고. 언제 한번 기회 잡아서 올려야 하는데.'

태현은 머릿속으로 계획을 그려 나갔다. 계획이 틀어진 게 한 가지 있다면 행운. 한동안 1,000대에서 놀 줄 알았던 행운이 갑자기 3,000대를 뚫어버렸다.

당연히 레벨 업도 더 힘들어진 상황!

'아…… 진짜…….'

랭커들부터 시작해서 고수급 플레이어들은 신나게 레벨을 올리겠지만 태현은 그럴 수가 없었다.

'정답은 스탯 작업과 권능인가?'

강력한 사기 스킬인 아키서스의 권능을 더 얻고, 스탯을 올려서 따라붙는 방법밖에 없었다.

새삼스럽게 마르덴 후작에게 치솟는 화!

그래도 한 가지 위안이 되는 게 있다면 〈불의 마수의 숨결〉을 쓰지 않고도 잡을 수 있었다는 것 정도?

마르덴 후작이 태현의 능력을 봉쇄하겠다고 뻘짓만 하지 않았더라도 훨씬 더 위협적이고 강한 적이었을 것이다. 정면 승부로 나왔으면 태현도 저 아이템을 썼어야 했을 것이고…….

"백작님! 대승입니다!"

고민하고 있던 태현을 깨운 건 아농 백작의 목소리였다. 그는 밝은 얼굴로 기사들과 함께 다가와 외쳤다.

"저희가 마르덴 후작을 쓰러뜨렸단 말입니다! 기쁘지 않으십니까?"

"어…… 기쁘네."

"그보다 저는 백작님에게 다시 한번 탄복했습니다. 적의 마음을 읽는 전략! 적의 허점을 찌르는 전술! 그리고 성벽 주변에 누가 있는지는 신경도 쓰지 않고, 적을 잡기 위해서라면 성벽도 무너뜨려 버리는 과감함까지!"

뭔가 끝으로 가면 욕처럼 들렸지만 아농 백작은 진심으로 말하는 것 같았다.

"저도 그렇게 되기로 마음먹었습니다!"

"야, 야! 그런 건 닮을 필요 없어!"

옆에서 마르셀 백작이 사색이 되어서 말렸다. 대체 태현 같은 놈이 된다니, 무슨 생각이란 말인가?

그러나 아농 백작은 그 큰 덩치에 어울리지 않는 표정으로 태현에게 감사를 표했다.

"감사합니다!"

"그래. 감사는 더 할수록 좋지. 그래서 내가 뭘 가져갈 수 있지?"

태현은 말과 함께 공적치 포인트를 확인했다.

이번 전투에서 태현은 그야말로 어마어마한 공을 세웠다. 마르덴 후작의 군대를 요격하고, 뒤로 돌아서 후작의 고성을 파괴하고, 마지막에는 거대한 함정을 파서 마르덴 후작의 군대를 박살 낸 다음 후작을 직접 처리!

이번 전투에서 태현의 공은 절대로 빼놓을 수가 없었다. 태현은 아농 성의 공적치 포인트를 기대하고 있었다.

과연 얼마나 쌓였을까?

'군대를 빌릴 수 있거나, 아니면 아티팩트를……'

아농 성에서 괜찮은 아이템 몇 개를 챙겨갈 수 있다면 남는 장사였다.

[공적치 포인트: 120]

"……응?"

태현은 눈을 의심했다. 120? 1,200, 12,000도 아닌 120?

혼란스러워하던 태현의 눈에 무너진 성벽이 들어왔다.

설마……!

'이건 말도 안 돼!'

기분 좋게 폭발시킬 때는 생각지 못했던 것!

이 성벽은 아농 성의 재산이었다. 그걸 함정으로 써서 날려 버린 이상 공적치가 까일 수밖에 없었다.

"태현 님! 저는 영국에서 플레이하는 에드워드라고 하는데 혹시 저하고 파티……."

태현은 대답 대신 손가락을 까닥였다. 옆에 있던 아농 성의 병사들이 달려 나왔다.

"잡상인들 치워라."

"예!"

마르텐 후작이 남긴 마지막 훼방과 아농 성 공적치 포인트가 날아간 것 때문에 태현의 심기는 불편한 상황!

"잠, 잠깐만요! 태현 님! 이러시지 않으셔도 됩니다! 태현 님이 겉은 거칠어도 친절하신 거 알고 있으니까요!"

"……."

태현은 끌려가는 플레이어를 보고 물었다.

"저 헛소문은 대체 어디서 퍼진 거야?"

"그러게 말이야!"

케인은 옆에서 분개하며 고개를 끄덕였다.

저런 헛소문을 퍼뜨리는 놈은 옆에서 직접 당해봐야 정신을 차리지!

"태현 님! 저희 파티를 구해주셨잖습니까! 저희는 그냥 감사 인사를…… 에잇! 이거 놔!"

병사들은 다른 플레이어들을 끌고 사라져 버렸다. 그걸 보자 태현한테 말을 걸려던 다른 플레이어들은 뒤로 물러섰다.

뭔가 말을 붙여보고 싶은데 말을 잘못 걸었다가는 한 대 맞을 것 같은 분위기!

'에이, 그래도 설마 김태현이 그러겠어?'

'맞아. 김태현인데.'

수군거리는 플레이어들의 대화를 들은 케인은 고개를 저었다. 대체 저놈들 속에서 김태현은 무엇이란 말인가!

용감하게 말을 꺼낸 건 구성욱이었다. 그는 태현 앞에 서서 핏발선 눈으로 말했다.

"제작법!!!"

피와 눈물이 담겨 있는 목소리였다.

"아. 맞다."

구성욱은 말없이 손을 내밀었다. 그의 얼굴에서는 수많은 고난을 헤쳐온 역경의 전사 같은 모습이 엿보였다.

"잘 싸우더라."

"제작법!"

"쌍검 스킬 쓰기 힘들던데 어떤 스타일로 올린 거? 아이템은 민첩 위주로 장착한 건가?"

"제작법!!"

"그러고 보니 퀘스트 보상으로 경험치 꽤나 받았겠는데."

"제작법!!"

"알겠어. 주면 되잖아."

태현은 〈차가운 울음의 검〉 제작법을 구성욱에게 건넸다. 제작법을 받은 구성욱은 무릎을 꿇고 흑흑거리기 시작했다.

"저 사람 뭐야?"

"몰라. 이상한 사람인가 봐."

태현 앞에서 무릎을 꿇고 울먹이는 구성욱. 다른 사람들 눈에는 이상하게 보일 수밖에 없었다.

"왜 김태현 앞에서 저러고 있는 거지?"

"설마 고백했다가 차인 거 아냐?"

"……!"

그러거나 말거나 태현은 구성욱에게서 신경을 껐다. 지금 할 일이 많았다. 구성욱은 더 이상 안중에도 없었다.

"에반젤린, 넌 이놈이 받은 저주를 알고 싶어 했지?"

"응!"

에반젤린은 냉큼 대답했다.

행운을 0으로 만들어주는 저주라니. 얼마나 대단한 저주인가!

케인은 황당하다는 듯이 에반젤린을 쳐다보았다.

뭐가 좋아서 행운을 0으로 만들려는 거지?

"이놈이 받은 저주는 사디크 교단이 내린 저주다. 거기서 행운을 0으로 만드는 저주가 있더라고."

"……!"

"저주를 받으려면 가서 싸우는 게 좋지 않을까?"

투구의 틈에 드러난 에반젤린의 눈이 번쩍였다. 확실히 태현의 말이 옳았다.

이건 놓칠 수 없는 기회!

행운을 0으로만 만들 수 있다면 그녀는 이 저주받은 상황에서 벗어날 수 있었다. 까놓고 말해서 행운이 0만 되어도 파티 플레이나 기타 다른 행동에 문제가 없었으니까.

"당장 가야겠어!"

"아주 좋은 생각이야. 사디크 교단을 불태워 버리라고!"

태현은 에반젤린을 부추겼다. 어차피 사디크 교단과 화해할 수 없으니, 남은 건 사디크 교단의 적을 많이 만드는 것뿐! 에반젤린 정도 되는 랭커가 사디크 교단과 적대한다면 그것도 좋았다.

루포는 악마를 보는 눈빛으로 태현을 응시했다.

같은 모험가까지 등쳐서 이용하다니!

에반젤린은 그런 속셈도 모르고 태현에게 고마워했다.

"이런 일 저런 일 있었지만 어쨌든 즐거웠어. 같이 싸워서 재밌었고. 다음에 만나면 또 같이 싸우자."

에반젤린은 확실히 마음이 넓고 성격이 좋았다. 그렇게 당했는데도 저런 식으로 인사를 하다니.

실제로 미운 정 고운 정…… 아니, 미운 정만 대부분 들기는 했지만 오랜만에 같이 파티 플레이를 할 수 있어서 즐겁기도 했던 것이다. 그러나 언제나 태현은 에반젤린의 예상을 깨는 사람. 태현은 별로 필요 없다는 듯이 대답했다.

"뭐? 이제 그럴 필요 없을 것 같은데."

태현의 행운은 3,000대를 돌파한 상황. 에반젤린을 가까이 붙여 놔도 이제 제대로 된 페널티 역할을 하지 못할 가능성이 컸다. 물론 그 말을 에반젤린이 들었을 때는 전혀 다른 의미로 들렸지만!

"……."

옆에 있던 다른 플레이어들은 에반젤린이 분노를 다스리는 것을 보고 놀라워했다.

저 정도의 분노조절능력이라니! 대단하다!

"너…… 나중에 나하고 만났을 때, 아쉬운 소리 하게 될 날이 분명히 올 거야. 그때 두고 보자! 진짜로 두고 보자! 진짜 진짜 두고 보자고!"

에반젤린은 그렇게 외치고 자리를 떠나 버렸다.

케인은 저렇게 자유롭게 떠날 수 있는 에반젤린의 뒷모습을 부럽다는 듯이 쳐다보았다.

'아, 나는 언제 저래 보나?'

무너진 아농 성벽은 빠르게 수리되기 시작했다. 물론 다시 완성되려면 몇 달은 걸리겠지만, 그동안 이 주변에서 아농 성을 공격할 만한 적은 없었다.

신이 난 건 플레이어들이었다. 별생각 없이 태현을 보고 달려왔던 플레이어들은 퀘스트 보상에 싱글벙글했다. 퀘스트에 참가만 한 플레이어도 레벨이 4에서 5 가까이 올랐을 정도로 보상이 좋았던 것이다. 게다가 아농 백작은 퀘스트에 참가한 플레이어들에게 아낌없이 골드를 뿌렸다.

"야. 내가 뭐라고 했냐? 김태현이 하는 퀘스트는 참가해야 한다고 했잖아!"

"대박이다. 나 이번에 레벨 얼마나 오른 줄 알아? 안에서 화살만 쐈는데 6이 올랐어."

들리는 목소리들은 태현의 마음을 불편하게 만들었다.

물론 손해 본 건 없지만…… 왠지 모르게 억울!

억울한 건 태현뿐만이 아니었다. 마르덴 후작 퀘스트가 설마 아농 성에서 바로 끝나버릴 거라고는 생각하지 못했던 다른 플레이어들도 억울해하고 있었다.

-아니, 뭐야? 마르덴 후작 그거 완전 약해빠진 놈이네! 난 그놈한테 거기 있던 고렙 파티들 학살당했다고 해서 기다리고 있었는데! 성 하나 못 깨고 그냥 져?

-맞아. 고성에서 죽은 파티 고렙 파티 맞아? 걍 자기 죽었다고 과장한 거 아냐?

마르덴 후작 퀘스트 관련 영상에는 수많은 댓글이 달리고 있었다. 주로 '이번 퀘스트는 좀 오래 갈 거 같으니 나중에 토벌 각이 보이면 그때 참가해야겠다'라고 생각하거나, '대형 길드들이 시작할 때 참가하는 게 안전하겠지'라고 생각하며 기다렸던 플레이어들!

다른 사람들이 아농 성으로 향할 때 비웃던 사람들이었다.

-아농 성에 지금 간다고? 야. 김태현이 밥 먹여주냐? 김태현 얼굴 하나 보자고 아농 성 간다는 게 말이 돼?

-영상 보니까 마르덴 후작 수준 딱 나오던데. 못 잡아. 지금 괜히 가봤자 고생만 하고 보상은 못 받을걸.

-김태현이 있다고? 김태현이 혼자서 마르덴 후작을 어떻게 잡아? 아농 성 병력 합쳐도 마찬가지야. 너무 급해.

이렇게 자신만만하게 말했는데, 정작 태현은 보란 듯이 퀘스트를 한 번에 깨버렸다.

마르덴 후작은 다른 곳을 가기는커녕 아농 성에서 사망!

그렇게 되니 억울할 수밖에 없었다. 억울한 사람이 하는 짓은 언제나 추한 법. 그들은 댓글로 계속 징징거렸다. 물론 인터넷에 그들만 있는 건 아니었다.

-마르덴 후작 엄청 셌거든? 네가 직접 싸워봤냐? 나 거기서 마르덴 후작한테 화살 날린 사람이다. 안 싸워봤으면 말하지 마.

-우리 친구 퀘스트 참가 못 해서 심술부리는구나? ㅉㅉ.

퀘스트에 참가했던 사람은 그저 신날 뿐!

-야. 김태현 진짜 대단하더라. 마르덴 후작이 마법사들 있는 거 다 뚫고 접근해서 스킬 거는데 그냥 무시하는 거 봤지? 그거 대체 뭐냐?

-김태현 직업 패시브 스킬 아냐? 난 진짜 궁금한 게, 무슨 직업의 패시브 스킬이 마르덴 후작이 작정하고 거는 공격을 막을 수 있는 거지? 사기 아냐?

정답은 마르덴 후작이 알아서 자멸한 것이었지만, 사람들의 눈에는 그렇게 보이지 않았다. 아농 성 공성전 영상만 보면 태현은 마르덴 후작이 펼쳐낸 공격을 아무렇지도 않게 받아낸 것처럼 보였던 것이다.

-그것도 그건데 난 그다음이 더 궁금하더라. 공격 튕겨낸 거 무슨 스킬이지? 검술 스킬 같던데.

-검술 스킬 중에 공격 되돌리는 거 꽤 많지 않냐?

-그렇긴 한데 거의 다 실전에서 쓰기는 좀 그렇잖아.

공격을 되돌려 보내는 스킬은 그 효과답게 쓰는 조건이 매우 까다로웠다. 검술 좀 배운 플레이어들이면 다 파보는 스킬이지만, 만족스러운 결과를 얻은 사람은 드문 스킬!

-MBS에서 김태현 시점으로 제대로 방송해 준다고 하니까 그거 기다려야지. 김태현 시점으로 보면 좀 제대로 볼 수 있겠지.

지금 돌아다니는 동영상들은 퀘스트에 참가한 다른 플레이어들이 찍어서 올린 영상들이었다. 그런 만큼 태현이 싸우는 걸 정확히 볼 수 없었던 것!

흥미가 아닌 정보에 관심이 많은 플레이어들은 태현이 어떤 식으로 싸우는지에 대해 관심이 많았다. 그만큼 태현의 직업과 스킬은 미스터리였다.

-나 Q&A 하는 거 별생각 없이 봤었는데 웃기더라.

-맞아. 나 기계공학 배워보려고.

-나도.

태현이 방송에서 말한 것 때문에 기계공학 유행이 불고 있었다. 판타지 온라인 1에서 태현 때문에 대장장이 유행이 불었듯이, 이번에는 기계공학 유행이 불기 시작했다.

그 거대한 성벽을 일순간에 무너뜨리는 강력함!

물론 거기까지는 온갖 준비 과정이 필요했었지만 보는 사람들의 눈에는 그런 게 잘 들어오지 않았다.

그저 좋아 보일 뿐!

-야, 근데 김태현이 PK한다는 사람은 대체 누구냐?

-인성 갑인 김태현이 PK한다고 공개선언 할 정도면 진짜 나쁜 놈 아닐까?

-그러게.

부들부들!

반응을 본 김태산의 주먹이 다시 한번 떨렸다.

"이노오오옴……!"

"태현 님, 죄송한데……."

"……?"

"저희가 퀘스트가 떴습니다."

대장장이들은 서로를 가리키며 말했다.

김지산, 박성찬, 우정식 이 세 대장장이는 원래 제노마 시를 거점으로 활동하던 대장장이들. 대부분의 퀘스트를 거기서 하고, 친해진 NPC들도 다 그곳의 NPC니 퀘스트도 제노마에서 뜰 수밖에 없었다. 가입한 대장장이 조합에서 온 퀘스트라 빠지면 불이익이 너무 컸다.

"그래? 가면 되겠네."

1초도 망설이지 않고 가라고 말하는 태현!

"흑흑 우리가 더 도와드려야…… 응?"

"가면 되겠다고. 가서 퀘스트 깨야지."

"아니, 안 섭섭하세요?"

"내가 왜 섭섭해야 하는데?"

"우리 없으면 잡일하고 짐은 누가 들어드리겠습니까!"

김지산의 말에 박성찬은 부끄러운 듯이 얼굴을 가렸다. 그러고는 친구의 옆구리를 찌르며 말했다.

"야. 말하기 전에 어떻게 들리는지 생각 좀 하고 말해."

저런 걸 당당하게 말하는 것도 재능!

"뭐 다른 놈들 구하면 되겠지. 짐꾼 NPC야 레벨이 낮기는 하겠지만 돈 주고 고용할 수도 있고…… 아. 케인도 있군."

"나는 왜?!"

"그럼 내가 들어야겠냐? 난 이동속도 느려지면 안 돼."

태현의 전투 스타일은 빠르게 움직이면서 치고 빠지는 스타일. 짐을 많이 들고 다니면 안 됐다.

"흑흑, 이렇게 헤어지게 되다니……."

"야. 빨리 가라니까."

울먹이는 대장장이들을 발로 밀어내며, 태현은 재촉했다.

"우리 말고 다른 대장장이들 받아들이시면 안 됩니다!"

"싫은데."

"그…… 러면 3명까지?"

"싫은데."

"5명?"

"싫다니까. 얌전히 갈래, 아니면 몇 대 맞고 갈래?"

바늘로 찔러도 피 한 방울 나오지 않을 것 같은 태도!

대장장이들은 결국 흑흑거리며 나올 수밖에 없었다.

"우리 없는 사이에 다른 놈들이 붙으면 어떡하지?"

"그런 놈들은 없을 거야! 없어야 해!"

대장장이들이 나가자, 태현은 에드안에게 말했다.

"이제 일어서도 된다."

이제까지 에드안은 무릎을 꿇고 양손을 들고 있었던 것! 그의 목에는 '앞으로는 제대로 된 정보를 알아오겠습니다'라고 적혀 있는 팻말이 걸려 있었다. 물론 이번 퀘스트의 잘못이 에드안 때문은 아니지만, 그런 논리는 태현 앞에서 먹히지 않았다.

"태현 님, 제 잘못이 아닙니다!"

"시끄럽고. 우리는 이제 에스파 왕국으로 간다."

"에스파 왕국 말입니까? 에스파 왕국의 어디요?"

"아발랍 시."

"아발랍 시라면……."

케인이 얼굴을 찌푸렸다. 들어본 적이 있었다.

"너 거기 참가하려는 거냐?"

"뭔 소리야?"

"아발랍 시 투기장에 참가하려는 거 아니었어? 그거 아니면 너 같은 놈이 거기 갈 이유가 없다고 생각했는데."

투기장. 판타지 온라인에서 빼놓을 수 없는 요소였다. 대부분의 장소에서 하는 PK에 페널티를 두는 판타지 온라인에서 합법적으로 PK가 가능한 장소!

게다가 끝까지 살아남아서 우승하면 투기장에서만 얻을 수 있는 보상까지 나왔다.

태현도 판타지 온라인 1의 경험으로 투기장에 대해 꽤나 잘 알고 있었다.

'즐거운 추억들이 가득하지.'

한때 랭커들 사냥 대비용으로 PVP 전용 아이템들을 얻기 위해 투기장을 뛸 때가 있었다. 물론 그때 태현이 대장장이인 걸 눈치챈 사람은 아무도 없었지만!

모두 다 중갑 계열 전사라고 생각했었다. 태현도 굳이 오해를 풀진 않았고.

그런데 아발랍 시에도 투기장이 있다니. 갑자기 두근거리는 마음!

"그래? 아발랍 시에 투기장이 있다 이거지?"

태현의 얼굴에 행복한 웃음이 떠오르자 케인의 얼굴에는 공포가 떠올랐다.

'나는 왜 대장장이놈들처럼 도망을 칠 수 없을까?'

제노마 시에서 퀘스트가 나온다면 도망이라도 칠 수 있을 텐데!

"아발랍 시 투기장은 며칠마다 열리냐?"

"한 달. 근데 거기는 참가하지 말지 그러냐."

"왜지?"

"아발랍 시 투기장은 좀…… 악명이 높거든."

"……?"

투기장이 다 똑같은 투기장이 아니었다. 각 지역의 투기장마다 돌아가는 방식이 천차만별!

어떤 곳은 평범하게 투기장 안에 두 명이 들어가서 1:1로 싸운 다음 승자가 나오는 방식이라면, 또 어떤 곳은 2:2로 싸워서 승리한 팀이 나오는 방식이었다. 어떤 곳은 아예 단체로 15:15 같은 식으로 진행되었고 또 다른 곳은 플레이어들이 싸우는 게 아니라, 몬스터들이 싸우고 플레이어들은 밖에서 이길 것 같은 몬스터들한테 티켓을 거는 방식!

한마디로 규칙은 그 투기장마다 마음대로였다.

"뭐 악명? 몬스터한테 티켓이라도 거냐?"

플레이어들끼리 싸우는 게 아니라 몬스터한테 티켓을 거는 투기장은 그 악명이 높았다.

거기서 한 재산 날린 사람들이 수두룩!

투기장에서 골드를 내고 티켓을 산 다음, 이길 거 같은 몬스터한테 티켓을 걸어서 티켓을 따고, 그 티켓으로 투기장 전용 아이템을 얻어가는 방식.

재산 날리기 딱 좋은 방식이었다.

-이, 이번에는 분명 된다……!

-온다! 저 고블린이 오우거를 이길 것 같은 예감이 와!

'생각하니 좀 소름이 끼치네. 또 그런 놈들을 주변에서 봐야 하나?'

"아니. 그런 건 아니고. 플레이어들끼리 싸우는데……."

케인은 말하다가 멈칫했다.

'잠깐, 내가 왜 이놈을 걱정해 줘야 하지? 거기 가서 죽으면…….'

태현이 죽는 걸 본다면 10년 묵은 체증이 시원하게 내려갈 것 같은 기분!

그걸 눈치챈 태현이 웃으면서 태현의 어깨에 손을 얹었다.

"케인. 네가 잊고 있는 게 하나 있다."

"뭐, 뭔데?"

"우리가 처음 만남은 안 좋게 만났지만, 지금은 많이 달라졌다는 걸."

"……!"

케인은 태현의 말에 순간 감동했다.

이런 다정한 말도 할 줄 아는 놈이었다니!

계속 맞다가 한 마디 따뜻한 말에 가슴 뭉클해지는 케인.

"이제…… 우리가 친구라는 거냐?"

"아니. 무슨 소리야?"

태현은 무슨 헛소리를 하냐는 듯이 케인을 쳐다보았다.

"처음 만났을 때와 달리 지금은 네가 완전히 내 밑이라는 거지. 그러니까 투기장에서 뭐 숨길 생각하지 마. 내가 거기서 잘못되면 너는 더 잘못될 테니까. 거기 너 싫어하는 놈들이 없겠냐, 많겠냐?"

"……!"

협박의 달인!

태현은 굳이 욕과 직접적인 말을 하지 않아도 뛰어난 협박을 할 줄 아는 사람이었다. 케인은 레드존 길드 때 많은 적을 만들었다. 길드가 망했는데도 그나마 잘 지내는 건 태현 옆에 붙어 있기 때문!

그건 케인도 잘 알고 있었다.

'전 길드원 놈들이 날 안 쫓아오는 것도 김태현 때문이긴 한데……!'

케인한테 당한 전 레드존 길드원들 성격이라면 지금 당장 쫓아와서 복수를 벌여야 할 텐데, 보이지 않는 걸 보면 태현한테 겁을 먹은 게 분명했다. 그리고 다른 사람들이 케인을 건드리지 않는 것도 태현 덕분이었고. 결국 케인이 지금 여기까지 피해를 복구하고 꾸역꾸역 올라온 건 다 태현 덕분이었다.

벗어나는 순간 위험해진다!

'그건 아는데, 그건 아는데……!'

쉽게 납득이 안 가는 이 마음!

"자. 그러니까 헛수작 부리지 말고 투기장에 대해서 제대로 말하라고."

"알겠어……."

케인은 시무룩해져서 고개를 끄덕였다.

"나를 죽이겠다고 한 건방진 놈이 있다. 어떻게 해야 할까?"

김태산은 엄격, 근엄, 진지한 포즈로 말했다. 〈최강지존무쌍〉의 길드원들은 각 잡힌 자세로 김태산의 말을 들었다.

험악한 오크들의 살벌한 분위기!

다른 플레이어들은 언덕 위에 모인 오크들을 보고 히익거리며 거리를 벌렸다.

"……."

"어떻게 해야 할까!"

아무도 대답이 없었다. 그러자 한 명이 주변의 눈치를 보며 손을 들었다.

"어…… 밟아버려야 하지 않겠습니까?"

"바로 그거야! 이 자식! 다른 놈들은 왜 말이 없어?!"

그러자 다른 길드원들 사이에서 대답이 나왔다.

"그거야 그 상대가 태현이잖습니까."

"형님 아들인데……."

"내 아들인 게 뭐 어때서! 그놈은 눈 하나 깜박이지 않고 날 공격할 놈이라고!"

"아, 태현이 이야기였습니까? 전 또 뭐라고."

손을 들고 가장 먼저 말했던 길드원도 상황을 깨닫고 손을 내렸다. 미적지근한 태도에 김태산은 울컥했다.

"너 이 자식들. 내가 길마냐, 그놈이 길마야?!"

"형님이 길마죠."

"그렇긴 한데 부자싸움은 칼로 물 베기 아닙니까."

"그건 부부싸움 아닌가?"

"대충 맞는 말 같은데."

웅성웅성!

오크 아저씨들이 이야기를 시작하자 자리는 순식간에 시끄러워졌다.

"조용!"

뚝!

김태산의 말에 순식간에 다시 분위기가 조용해졌다.

"우리는 지금 빠르게 강해지고 있다. 그렇지?"

"예!"

김태산의 말은 사실이었다. 〈최강지존무쌍〉 길드의 성장 속도는 보통이 아니었다. 나름 게임 좀 한다 싶은 플레이어들이 모인 길드와 비교해도 압도적인 성장 속도!

김태산과 길드원들이 게임을 엄청나게 잘해서는 아니었다. 오히려 그들의 게임 실력은 평범한 수준이었다. 아무리 그래도 전성기가 지난 나이에 젊었을 적 실력이 나오지는 않았다.

비결은 단 두 가지. 돈과 시간!

돈과 시간이 넘쳐나는 아저씨들이 게임을 잡자 어마어마한 위력이 나왔다. 퀘스트를 하는데 아이템을 구하느라 시간이 걸린다? 현질을 해서 사서 빠르게 끝낸다. 레이드를 해야 하는데 현재 수준으로는 좀 위험해 보인다? 현질을 해서 비싼 장비를 산 다음 포션을 미친 듯이 들고 가서 깬다.

나이가 들어서 전성기 때의 게임 실력은 사라졌어도 게임을 하는 머리는 어디 가지 않았다. 김태산과 길드원들은 최적의 성장 방법을 계산하고, 그 방법대로 가기 위해서는 돈과 시간을 아낌없이 투자했다.

그 결과가 지금 바로 현재!

김태산은 스스로를 고수급 플레이어에서 준 랭커 사이 정도에 있다고 생각했다. 늦게 시작한 것에 비교한다면 정말 무시무시한 성장 속도였다.

돈과 시간뿐만이 아니라 길드원들이 경험치와 각종 보상을 김태산에게 몰아준 덕분!

김태산은 단호하게 말했다.

"태현이 그놈이 방송에 나오고 제법 건방지게 재주를 부린다지만 우리의 단결된 힘 앞에서는 까불지 못할 거다!"

그러나 길드원들의 생각은 다른 모양이었다.

"과연 그럴까?"

"방송 보니까 보통 날랜 게 아니던데. 역시 젊은 놈은 다르다니까."

"태현이 그놈은 어렸을 때부터 범상치 않은 놈이었지. 한 번은 스파링하는 걸 봤었는데……."

적대심이라고는 조금도 느껴지지 않는 말들!

김태산은 발을 굴렀다.

"이것들아! 태현이가 나만 노릴 거 같냐? 너희들도 같이 노릴 거다. 위기감을 가져!"

"에이. 싸운 건 형님인데 왜 우리까지 끼어들겠습니까?"

"맞아. 맞아."

김태산은 그 말에 피식 웃으며 말했다.

"태현이 성격 생각해 봐라. 너희들이랑 나랑 같이 다니는데 그렇게 잘라서 따로 생각할 거 같냐, 아니면 먼저 공격하고 볼 거 같냐?"

"……."

태현을 실제로 만나본 아저씨들은 생각에 잠겼다.

그리고 나오는 결론 하나!

'태현이 그놈이 성격 하나는 확실히 더럽지!'

일단 먼저 패고 볼 놈!

"확실히…… 그렇긴 하겠네요."

"그렇지? 너희들도 방심하지 마. 내 아들이라고 봐주거나 하지 말라고! 보이면 무조건 공격해! 그리고 바로 연락하고! 혼자서 싸울 생각은 하지도 마라!"

"알겠습니다."

"그렇게 합시다. 네."

오크 아저씨들은 설렁설렁 대답했다. 그러나 그중 의욕이 가득한 한 명이 있었다.

"제가 반드시 잡겠습니다!"

아저씨들이 아닌, 김태산의 친구인 양성규의 체육관에서 선수로 훈련받고 있는 김상철이었다.

젊고 의욕이 가득한, 김태산의 돈지랄에 반한 젊은이!

"오. 그래도 쓸 만한 놈 하나는 있어! 아주 좋아!"

김태산은 신이 나서 김상철을 칭찬했다. 그러나 옆에 있던 다른 아저씨들은 고개를 저으며 김상철의 어깨를 붙잡았다.

"먼저 안 나서는 게 좋을 거다."

"예? 왜요?"

"저 두 부자 관계는 꽤 복잡하거든."

"설마 김태현이라는 놈 잡으면 아저씨가 화를 내나요?"

고슴도치도 자기 새끼는 귀여운 법. 김태산이 저렇게 말하지만 정작 태현을 잡으면 '내 아들을 건드리다니!'라고 화를 낼 수도 있었다. 김상철은 그런 걸 걱정했다.

그러나 아저씨들은 고개를 저었다.

"아니. 형님이 그런 사람은 아니지."

"그러면 왜 안 나서는 게 좋다는 거죠?"

"그야 네가 먼저 나섰다가는 태현이한테 먼지 나게 두들겨 맞을 테니까."

"맞아. 맞아."

아저씨들의 끄덕임!

김상철은 다들 그가 태현한테 질 거라고 생각하자 살짝 화가 났다. 판타지 온라인은 가상현실게임. 현실에서 잘 싸우고 반사신경이 좋은 사람이 유리할 수밖에 없었다. 그리고 그는 체육관에서도 손꼽히는 권투 선수였다. 그걸 살려서 게임에서도 근접 직업으로 잘 싸우고 있었다. 이제까지 한 번도 실력이 부족하다고 생각한 적은 없었다.

물론 게임은 스킬과 레벨, 직업 같은 그런 요소들이 있었지만, 그는 혼자가 아니었다. 다른 길드원들이 있지 않은가.

"아저씨들이 도와주시면 되잖습니까!"

"도와주기야 하겠는데……."

"음…… 그게 말이야……."

오크 아저씨들은 어울리지 않게 고민하는 표정이었다.

왜냐하면 그들은 태현의 성격을 잘 알기 때문이었다.

"부전자전이라고 해야 하나? 호랑이 새끼는 호랑이라고 해야 하나……."

"솔직히 태현이 그놈은 태산 형님보다 더한 놈이잖아."

"방송에서 어떻게 그렇게 착하게 나오는지 모르겠다. 방송사한테 뇌물이라도 줬나?"

김태산과 김태현이 부딪히는데 끼고 싶지 않은 본심!

물론 싸우게 된다면 끝까지 김태산의 편을 들어줄 생각이었다. 그래도 가능하면 태현과는 만나고 싶지 않았다. 아는 형님의 귀여운 아들이라서가 아닌, 아는 형님의 무서운 아들이기 때문에!

"어쨌든 너도 괜히 혼자 까불다가 털리지 말고 같이 움직여. 같이 싸워야 승산이 있다."

"맞는 말이야. 다구리가 제일이지."

오크 아저씨들의 말에 김상철은 고개를 끄덕였다. 그렇지만 속은 아니었다.

반드시 뭔가 보여주리라!

CHAPTER 3

"저게 네가 말한 그 길드냐? 아저씨들 같은데?"

"보통 놈들이 아니라니까요! 아이템이 장난이 아니에요! 제가 선빵을 쳤는데 갑자기 피가 순식간에 회복되더니 그냥 자동 반격이 되고……."

"알겠어. 현질 좀 했나 보지. 그래 봤자 별거 아니야."

로이는 최강지존무쌍 길드원들을 쳐다보며 고개를 저었다. 나름 랭커라고 어깨에 힘을 주고 다니는 로이였다. 저런 아저씨들이 모여 다닌다고 겁을 먹을 리 없었다.

'그것보다 저것들은 뭐야? 괴상해 가지고…….'

희한하고 괴상망측한 겉모습들!

그것이 최강지존무쌍 길드원들의 첫인상이었다. 오크들이

뭔 알록달록하고 괴상한 장비들을 덕지덕지 끼고 다니니 안 이상할 수가 없었다. 보통 성능을 중요시하는 플레이어여도 어느 정도 겉모습은 신경을 썼다.

그래도 조화란 게 있지 않은가.

그러나 저기 오크들은 감히 패션계의 테러리스트라고 해도 과언이 없을 수준!

'일부러 해도 저렇게는 못 하겠다!'

로이는 고개를 저으며 창을 꺼냈다. 그의 직업은 창술사. 그것도 그냥 창술사가 아닌 영웅 직업 창술사였다.

그런 그가 왜 여기서 저 오크들을 몰래 쳐다보고 있느냐?

그 이유는 하나. 그가 PK를 즐기는 플레이어였기 때문이다.

판타지 온라인을 시작하는 사람들이 착각하기 쉬운 것 중 하나가 바로 랭커들이었다. 그 수많은 플레이어 사이에서 순위권에 든 사람들인 만큼, 인성도 올바를 거라고 무심코 생각하게 되는 것이다.

그러나 현실은 정반대!

예전부터 태현은 이렇게 말해왔었다.

-랭커들 중에 절반은 약간 맛이 간 놈들이야. 남은 절반은 자기가 맛이 안 갔다고 생각하는 맛이 간 놈들이고. 나? 나는 물론 정상이지.

레벨 높다고 성격까지 올바를 리가 없었다. 랭커 중에서는 지금 로이처럼 PK를 즐기는 사람도 있었다.

'저 멍청한 놈은 쪽팔리게 저런 놈들한테 털리고 오냐?'

로이도 랭커인 만큼 길드에 들어가 있었다. 대형 길드는 아니었지만 로이가 랭커인 덕분에 나름 유명했다. 그러나 멀쩡해 보이는 겉모습과 달리, 길드 안은 엉망진창이었다. 로이가 정상적인 길드 운영에 별로 관심이 없었기 때문이었다.

길드원들은 로이와 성격이 비슷한, PK와 약탈을 즐겨 하는 플레이어들로 구성!

여론이나 견제가 무서워서 대놓고 하지는 않지만 몰래 몰래 PK를 즐기는 그들이었다.

당연히 로이의 길드원들이 로이를 따랐다. 만약에 그들이 그들보다 강한 상대를 만났을 때, 든든한 빽이 되어줄 수 있는 건 로이밖에 없었으니까.

랭커 정도의 빽은 쉽게 구할 수 있는 게 아니었다. 그리고 지금 길드원 몇 명이 로이한테 도움을 요청한 상태였다.

-저 오크들을 좀 털어보려고 했는데 너무 셉니다! 막 반격 스킬에다가 방어막도 걸리고……

-우리로는 무리입니다! 도와주세요!

김태산의 길드원 몇 명을 얕잡아보고 덤벼들었다가 호되게 당한 로이의 길드원들이 고자질한 것이다. 그 말을 들은 로이는 호기심이 생겨 그들을 관찰하고 있었다. 패션 센스야 어쨌든, 저들이 주제에 맞지도 않은 좋은 아이템을 갖고 있다는 건 알 수 있었다.

그렇다면 남는 건 하나. 잡고 아이템을 털 뿐!

'좋아. 가볼까?'

로이는 창날을 빙글 돌리며 스킬 몇 개를 자신한테 걸었다. 상대방의 숫자가 꽤 됐지만 그건 무섭지 않았다.

그는 랭커였으니까.

저런 나이 든 아저씨들이 시시덕거리려고 모인 길드 따위는 순식간에 끝내 버릴 수 있었다. 게다가 그의 직업은 일대 다수와의 싸움에 유리했다. 다양한 범위 스킬과 회피기가 있었던 것이다.

그렇게 로이는 〈최강지존무쌍〉 길드의 뒤를 몰래 쫓았다.

'드디어 갈라지네.'

오크들이 갈라져서 삼삼오오 흩어지자 로이는 씩 웃었다.

사악한 미소!

사냥감들이 약한 모습을 드러냈을 때 사냥꾼이 짓는 미소였다. 각자 퀘스트가 있으니 같은 길드라고 해도 오랫동안 같이 있지는 않았다.

이렇게 갈라지는 순간이 오기 마련!

그 순간이 바로 기회였다.

"크크큭…… *크크크크크크크크큭!*"

"너 뭐하냐?"

"?!"

로이는 깜짝 놀라서 뒤를 돌아보았다. 우락부락하게 생긴 덩치 큰 오크가 거대한 망치를 들고 그를 내려다보고 있었다. 괴상하고 화려한 복장을 봤을 때, 저 길드의 길드원이라는 건 바로 알 수 있었다.

"어…… 그냥 지나가는 중이었는데……."

로이는 무심코 거짓말을 했다. 그러고서 속으로 고개를 갸웃거렸다.

'왜 내가 거짓말을 했지?'

그냥 지금 덤비면 되는 일인데!

로이는 그렇게 생각하고 창을 붙잡았다. 그리고 빠르게 앞으로 찔렀다.

-이중 가속 찌르기!

"……어쨌든 알아서 와주니까 고맙네!"

텅! 텅!

"……?"

앞에 서 있던 오크, 김태산은 험상궂게 웃었다.

"어쩐지 수상하다 싶었는데, 날 노리는 놈이었군. 너 뭐하는 놈이냐? 너 태현이한테 돈 받았냐?"

"뭐? 무슨 헛소리를 하는 거야?!"

"아닌가? 이거 원…… 요즘 젊은 놈들만 보면 다 태현이 친구 같으니……."

김태산은 혀를 끌끌 찼다. 태현의 공개 발표 덕분에 피해망상이 심해진 그였다.

그 사이 로이는 당황함을 감추고 창을 되돌렸다. 왜 공격이 안 먹혔는지는 알 수 없었지만 지금 멈추면 안 됐다.

"시끄러워, 아저씨! 그 나이 먹고 무슨 게임이야? 얌전히 죽으라고!"

"이 자식이…… 네가 나 게임하는 데 뭐 보태준 거 있냐?"

쾅! 콰콰콰쾅!

풍차 같은 연속 공격이 들어갔다. 로이는 과연 랭커다운 실력을 보여주었다. 창끝이 여러 갈래로 나뉘며 뱀처럼 휘어지더니 계속해서 김태산의 전신을 후려갈겼다.

'별거 아니잖아? 괜히 쫄았네.'

로이는 공격을 계속하며 그렇게 생각했다. 처음 공격이 튕겨 나가서 겁을 먹은 게 바보같이 느껴졌다.

-회오리 투창!

로이는 콤보를 마무리 지으며 마지막 스킬을 김태산의 몸에 찔러 넣었다. 묵직하고 강렬한 소리가 울려 퍼지며 김태산이 뒤로 한 걸음 물러섰다.

"다 했냐?"

"……!"

김태산은 몸을 가리고 있던 거대한 망치를 앞으로 세웠다. 그 많은 공격을 맞았는데도 별로 다치지도 않은 것 같았다.

"그럼 이제 내 차례지?"

붕-

콰콰쾅!

"……!"

김태산의 망치가 휘둘러지자 로이는 급하게 뒤로 물러섰다. 저런 공격에 한 대 맞으면 HP가 장난 아니게 깎일 것이다. 그러나 김태산은 그런 걸 노린 게 아니었다.

-울부짖는 고대 오크 정령!

땅이 갈라지며 위로 용암색 이펙트가 팍팍 튀어 올랐다. 그리고 메시지창이 떴다.

[고대 오크 정령에게 붙잡힙니다. 일시적으로 스턴 상태에 빠집니다.]

"……!"

로이는 기겁했다.

김태산은 달려오더니 전력을 다해 망치를 풀스윙했다.

콰아아아아앙!

"크아악!"

로이는 세 바퀴를 구르고 나뒹굴었다. 그는 욕설을 내뱉고 포션을 찾았다.

딸칵-

몇십 골드나 나가는 비싼 포션, <이메르의 급속 체력 회복 포션>을 아무렇지도 않게 쓰는 로이였다.

'××. 너무 얕봤네.'

로이는 그렇게 생각하며 자세를 바로잡았다. 크게 한 대 맞기는 했지만 죽을 정도는 아니라서 바로 회복할 수 있었다. 어쩌다가 맞았지만 로이는 그가 질 거라고 생각하지는 않았다. 김태산의 실력이 대단하게 느껴지지는 않았던 것이다. 로이가 공격할 때는 계속 막기만 하고 있었고, 반격도 단순했다. 그냥 일격이라니.

로이였다면 상대방이 스턴 상태에 빠졌을 때 공격 스킬 몇 개는 넣었을 것이다.

'이제 안 당한다!'

로이는 그렇게 생각하며 다시 달려들었다. 한시라도 빨리 김태산을 쓰러뜨린 다음 다른 길드원을 처리할 생각이었다.

퍼퍼퍼퍼퍼퍽-

"……!"

아까처럼 신나게 들어가는 공격. 무기력하게 맞는 김태산의 모습에 신이 나 덤비던 로이는 순간 등에 소름이 돋았다.

'이, 이거…….'

맞고 있는 김태산의 눈빛이 활활 타오르고 있었던 것이다. 전혀 대미지를 입지 않은 모습!

'함정이다!'

어떻게 이렇게 멀쩡한 건지 알 수 없었지만, 로이는 일단 피하려고 했다. 그러나 로이의 스킬이 순간 멈추자, 바로 김태산의 반격이 들어왔다.

-울부짖는 고대 오크 정령!

아까와 똑같은 스킬. 로이는 다급한 와중에도 속으로 비웃었다. 랭커들은 싸울 때 절대로 평범하게 싸우지 않았다. 온갖 다양한 스킬과 전략들의 총집합! 옆에서 보면 그 화려함에 눈이 부실 정도였다.

그런데 저 아저씨는 아까 썼던 스킬을 다시 쓰고 있었다. 이미 눈에 익은 로이가 그걸 당할 리 없었다.

'바보 아냐?'

[고대 오크 정령에게 붙잡힙니다. 일시적으로 스턴 상태에 빠집니다.]

"?!"

피했는데 뜨는 메시지창에 로이는 깜짝 놀랐다.

이건…… 회피 불가 스킬!

"왜. 피할 수 있을 줄 알았냐, 이놈아?"

김태산은 으르렁거리며 망치를 들고 덤벼들었다.

"잡스킬 여러 개 써봤자 정공법은 못 당하는 법이다!"

"으억?!"

다시 한번 일격. 아까처럼 로이는 뒤로 나뒹굴었다.

김태산은 망치를 어깨로 넘기고 포션을 마셨다.

<자르메의 완전 회복 포션>. 개당 몇백 골드나 하는, 던전이나 레이드를 돌 때 마지막 목숨으로 아껴두는 비장의 아이템이었지만 김태산은 아낌없이 사용했다.

로이가 넣은 공격은 이걸로 전부 회복!

뚜둑-

김태산은 목의 근육을 풀며 앞으로 걸어 나갔다. 게임을 한 시간만 따지면 로이와는 비교도 되지 않는 게 바로 김태산이었다. 로이가 온갖 화려한 스킬과 컨트롤로 덤벼들어도 김태산은 당황하지 않았다. 스스로의 방어력과 아이템을 믿었다.

괜히 현혹되어서 당황해하는 건 가장 멍청한 짓!

버티고 견딘다. 상대방이 멈출 때까지. 아무리 긴 콤보여도 끝은 있기 마련이었으니까.

그다음은 반격, 이 반격이 중요했다. 상대방의 실력이 좋다는 건 알고 있었다. 괜히 한 번에 끝내겠다고 욕심을 부렸다가는 본전도 못 찾을 것이 분명.

김태산은 욕심을 부리지 않고 상대방의 발을 묶을 스킬만 썼다.

<울부짖는 고대 오크 정령>. MP도 많이 소모하고 공격력도 부족한 데다가 얻기까지 온갖 퀘스트를 해야 하는 스킬이

었지만 그 효과는 강력했다.

일정 범위 내로 무조건 스턴!

거기 위에서 탭댄스를 추든 날아다니든 무조건 스턴을 거는 스킬이었다.

김태산은 쌩쌩하게 젊은 사람을 상대로 화려한 컨트롤 대결을 펼칠 생각이 없었다. 그에게는 그만의 싸움법이 있었으니까.

바위처럼 굳건하게. 흔들리지 않고 상대를 제압해 나간다.

그야말로 제왕다운 싸움 방식!

스턴에 걸린 상대에게도 욕심을 부리지 않았다. 무조건 한 방. 여러 스킬을 넣으려고 하다가는 상대가 풀려서 반격을 할 가능성이 있었다. 상대방에게 한 방을 먹인 다음에는 다시 회복. 이것을 반복한다.

"헉, 헉……."

로이는 엉망진창이 되어서 김태산을 쳐다보았다. 지금 무슨 단단한 바위를 맨몸으로 두들기는 느낌이었다.

방어력이 얼마나 단단한지 아무리 공격해도 흠이 보이지 않았다. 스킬을 쓰다가 멈추기라도 하면 바로 스턴을 걸어버린 다음 일격. 그리고 입은 대미지와 스킬로 소모한 MP는 포션으로 바로 회복해 버렸다.

"이, 이런 게 어디 있어!"

로이는 그도 모르게 외쳤다.

김태산은 껄껄 웃으며 말했다.

"왜. 내가 너하고 같이 드잡이질이라도 할 줄 알았냐? 내 나이가 몇 살인데. 너하고 같이 놀아줄 거라고 생각했다면 오산이다."

"그 아이템은 대체 뭔데?! 어떻게 나보다 더 좋은 거야?!"

신경질적인 로이의 목소리에 김태산은 간단하게 대답했다.

"샀다."

"……?"

"현금으로."

"……!"

로이의 입이 떡 벌어졌다.

"아까 네가 말했었지? 그 나이 먹고 무슨 게임이냐고."

"……."

"그 나이 먹은 아저씨들 한 번 상대해 봐라."

"?!"

로이는 섬뜩함에 뒤로 돌았다. <최강지존무쌍> 길드원들이 살벌한 웃음을 지으며 둘러싸고 있었다.

'포위당했다……!'

이렇게 되면 도망도 못 쳤다. 로이는 그제야 깨달았다. 그가 미행하고 있는 동안 김태산은 눈치를 채고 역으로 포위를 해 왔다는 것을!

"이, 이건 말도 안 돼……."

"아저씨라고? 응?"

쇠사슬로 연결된 추를 휘두르는 오크가 말했다.

"어디서 건방지게 자식이 말이야…… 우리가 전성기 때는 너 같은 놈이 제대로 말도 못 걸었어!"

휙!

그리고 구타가 시작되었다. 화려하지도, 복잡하지도 않은 단순한 공격들. 그러나 빈틈이 없는 완벽한 합동 공격이었다.

-야! 도우러 와! 급해!

로이는 급하게 그의 길드원들을 불렀다. 사방에서 덤비는 오크들을 향해 창을 휘둘렀지만, 이 오크 길드원들은 보통이 아니었다.

'아니 ×× 대체 뭘 입고 다니길래 방어력이 이따구야?!'

원래라면 〈질풍의 삼연창〉 스킬을 맞으면 스턴에 걸리거나 뒤로 밀려나야 했다. 그런데 이 오크 길드원들은 그런 스킬을 맞아도 아랑곳하지 않고 덤벼들었다. 사용하는 스킬이나 공격력을 봤을 때 로이보다 레벨이 높지는 않을 것이다.

그렇다면 남는 건?

아이템!

'설마 다 현질해서 돈지랄하고 다니는 건 아니겠지?!'

로이는 설마 그가 정답을 맞혔다고는 생각지도 못했다. 그는 포위당해서 미친 듯이 창을 휘둘렀다.

과연 랭커다운 모습!

그러나 그를 둘러싼 오크 길드원들은 흔들리지 않았다.

리×지 때도 그들에게 덤빈 적들은 많았다. 그리고 적 중에서는 그들보다 실력이 뛰어난 놈들도 있었고.

그러나 그들은 결국 승리했다.

-실력이 아무리 차이나도, 결국 이기는 놈이 강한 거다!

단순하지만 절대적인 진리! 〈최강지존무쌍〉 길드의 아저씨들은 그들의 장점을 아주 잘 알고 있었다.

화려한 컨트롤은 부족하지만 강력한 아이템과 팀워크!

-우어어어어어!

김태산이 함성을 지르자, 길드원들의 능력치가 향상되었다.

[고대 정령을 불러내서 지휘력을 상승시킵니다. 파티원들의 능력치에 보너스가 붙습니다.]

로이가 아무리 날뛰어봤자 오크 길드원들은 무시하고 덤벼들어서 로이를 공격했다. 무슨 복잡하고 대단한 스킬을 쓰는 것도 아니었다. 한 명이 붙잡으면 다른 한 명이 때리고, 또 다른 한 명이 다시 붙잡고…….

마치 파도 속에 휘말리는 것 같은 공격!

퍽! 퍼퍼퍽! 퍼퍼퍼퍽!

빠르게 로이의 HP가 깎여 나갔다.

'이 별것도 아닌 아저씨들이!!'

로이를 가장 미치게 만드는 것은 이 길드원들의 실력이었다. 뭐 복잡한 스킬을 쓰는 것도 아니라 단순하게 연계만 해대는데 어떻게 깰 수가 없었다.

-야! 이 ××들아! 빨리 오라고!

로이가 다급한 표정을 짓자 멀리 있던 김태산이 빙그레 웃으며 말했다.

"왜, 네 친구들 찾냐?"

"……!"

"네 친구들 다 죽었다."

김태산의 말에 양성규가 손을 흔들었다. 로이와 김태산이 맞붙는 사이 다른 최강지존무쌍 길드원들은 로이의 길드원들을 털었던 것이다.

"헉, 헉…… 이…… 비겁하게! 일대일로 붙자!"

몰릴 대로 몰린 로이는 억지까지 부리기 시작했다.
김태산은 귀를 후비적거리며 말했다.
"어디서 강아지가 짖나? 안 들리는데?"
"일대일로 붙자고! 그러고도 남자냐!"
"남자는 모기를 상대할 때도 전력으로 밟는 게 남자지. 마. 괜히 얕봤다가 도망이라도 치면 얼마나 짜증 나냐."
김태산의 말에 다른 길드원들은 손뼉을 치며 동의했다.
"역시 형님!"
"충성충성충성!"
로이는 이를 악물고 주변을 둘러보았다. 포위망이 너무 단단해서 뚫고 나갈 길이 안 보였다.
"일대일로 붙자니까!!"
악을 쓰는 로이를 향해 아저씨 한 명이 입을 열었다.
"야. 젊은 놈."
"……!"
"억지 부리지 마라. 네가 아무리 난리를 쳐봤자 우리가 일대일로 싸울 일은 없으니까. 너희들은 뭐 방송이다 뭐다 해서 폼 잡고 다 잡은 놈하고 일대일로 붙던데…… 우리 같은 아저씨들은 그런 짓을 안 해. 그냥 죽이지. 다 잡은 놈을 뭐하러 일대일을 해? 아쉬운 게 없는데."
"맞아. 맞아."

오크 아저씨들의 비웃음까지 받자 로이의 얼굴이 붉어졌다. 김태산이 쯧쯧거리며 말했다.

"그만 놀려라. 애가 젊어서 그럴 수도 있지."

"……."

얼핏 들으면 상냥하게 들리는 말이었다. 그러나 김태산은 절대로 상냥한 사람이 아니었다.

"자. 그러면 할 말 다했지? 이제 죽어라."

"잠, 잠깐! 잠깐만!"

로이는 필사적으로 손을 흔들었다.

"항복! 항복!"

"항복은 오성과 한음에서 오성 본명이 항복이고. 항복 같은 건 없다. 어디서 먼저 덤빈 놈이 항복이야? 미쳤냐?"

랭커 경쟁에서 한 번 죽으면 치명적이었다. 사망 페널티는 그만큼 발목을 잡는 것이다. 그렇기에 로이는 필사적으로 매달렸다. 어떻게든 살아야 한다!

"아저씨들! 제가 잘못 생각했습니다! 반성할 테니까 제발 목숨만은!"

"허. 이 어린놈 태도가 마음에 드네."

"무릎부터 꿇어봐."

"예, 옛!"

로이는 무릎을 꿇었다.

"이제 '다시는 아저씨들을 무시하지 않겠습니다'라고 외쳐. 크게. 이거 동영상 촬영 어떻게 하더라?"

"이렇게 하는 거였나?"

"그건 귓속말 같은데."

"……."

아저씨들이라 동영상 촬영에 익숙하지 못한 모습!

한참이 지나서야 오크 아저씨들은 촬영 준비를 마쳤다.

"자. 앞으로 지나가는 사람을 괴롭히지 않고, 아저씨라고 무시하지 않고…… 또 뭐 있더라?"

"그 정도면 되겠지. 크게 외쳐라."

로이는 무릎을 꿇고 하라는 대로 외치기 시작했다.

살이 떨리는 굴욕이었지만, 목숨이 우선! 로이는 꾹꾹 참아가며 다 따라서 외쳤다.

멀리서 하품을 하던 김태산이 물었다.

"다 했냐?"

"네!"

"그래."

부웅- 쾅!

[사망합니다.]

"어이쿠. 손이 미끄러졌네."

"하하. 형님도 참."

"앞으로는 손에 힘 좀 주고 다니시죠!"

김태산은 로이를 죽이고 경험치를 얻은 다음 아이템까지 챙겼다. 다른 길드원 중 아무도 놀라지 않았다. 새로 온 젊은 뉴비인 김상철만 빼고는.

"어…… 살려주는 거 아니었어요?"

"미쳤냐? 우리한테 덤빈 놈이 뭐가 예쁘다고 살려줘?"

모두 다 살려줄 생각은 조금도 없었던 것!

그렇게 동영상까지 찍으면서 굴욕을 줬는데 모두가 똑같은 생각을 하고 있었다니. 김상철은 등에 소름이 돋았다. 허허 웃는 모습이 친절한 아저씨들 같아도, 속은 절대로 만만한 사람들이 아니었다. 한때는 게임을 주름잡던 사람들!

먼저 덤빈 사람이 무릎 꿇고 반성 좀 했다고 해서 가만히 내버려 둘 리 없었다.

"?!"

놀라서 외치기도 전에, 로이는 죽어서 로그아웃되었다. 김태산이 거대한 망치로 전력을 다해 스킬까지 서서 빈사 상태의 로이를 후려갈긴 것이다.

당연히 사망!

"뭐 이런 #&$*#!"

억울해서 외쳐 봐도 이미 캡슐 밖으로 나온 상황에서는 들어주는 사람이 없는 상황!

로이는 가슴을 쾅쾅 쳤다.

"이 ×× 같은 아저씨들이…… 두고 보자! 두고 보자고!"

얕봤던 아저씨들한테 이렇게 당하고 나니 보통 분한 게 아니었다.

'어떻게 복수를 한다?'

상대방이 만만하지 않다는 걸 알아버린 상황. 한 명도 아니라 길드였다. 게다가 전력도 보통이 아니었다. 어떻게 저런 길드가 아직까지 유명하지 않은 건지 이상할 정도.

사실 〈최강지존무쌍〉 길드가 실력으로 유명하지 않은 건 그 겉모습 덕분이었다. 길드명도 그렇고, 길드원들도 오크 아저씨들이고, 복장도 이상하고……. 겉에서 보면 그냥 아저씨들이 친목하려고 만든 길드처럼 보인 것!

사람들은 최강지존무쌍 길드의 우스꽝스러운 모습에 대해서는 이야기해도 실력에는 관심이 없었다.

'아!'

무언가 번뜩이고 머리를 스치고 지나갔다. 로이는 김태산이

했던 말을 떠올렸다.

어쩐지 수상하다 싶었는데, 날 노리는 놈이었군. 너 뭐하는 놈이냐? 너 태현이한테 돈 받았냐?

태현. 설마 김태현?

'그러고 보니 그 김태현이 방송에서 적 있다고 하지 않았나? PK해야 할 사람이 있다고……'

로이는 주먹을 불끈 쥐었다. 만약 저 김태산이라는 아저씨와 그 김태현이 적대 관계라면, 이건 정말 좋은 기회였다.

적의 적은 나의 친구!

김태현을 찾아서 손을 잡고 김태산을 같이 공격할 수 있다면, 로이한테는 매우 큰 힘이 될 것이다.

'두고 보자, 이 아저씨들!'

저 멀리서 생각지도 못하는 일들이 일어나고 있었지만, 태현은 케인과 한가롭게 떠들고 있었다.

"그러니까 아발랍 시 투기장이…… 개판이라는 소리군."

"그렇지."

케인한테 설명을 들은 태현은 고개를 저었다. 아발랍 시 투기장 형식이 좀 심했던 것이다.

1:1, 2:2, 4:4, 15:15, 몬스터vs몬스터도 아니었다.

1:1:1:1:1:1…….

즉 한 라운드에 참가자 전원이 개인전으로 참가해서 한 명만 살아나오는 것!

'인원에 맞춰서 자른다고 해도 10명이나 15명 정도는 한 판에 낄 거 같은데.'

10명에서 15명 정도가 다 개인전을 펼친다면?

혼돈과 파괴는 둘째 치고, 다른 요소가 개입되기 쉬웠다.

바로 정치질!

단순 계산으로도 두 명이 손을 잡으면 이길 확률이 몇 배로 늘어났다. 태현은 이런 방식의 투기장에서 어떤 일들이 일어나는지 아주 잘 알고 있었다. 몰래 접촉해서 손을 잡는 건 물론이고, 한 명을 강하다고 몰아세워서 마녀사냥하거나 아예 처음부터 같은 길드원들끼리 한 투기장에 들어가는 경우도 있었다.

이 투기장에서는 강하다고 이길 수 있는 게 아니었다.

필요한 건 상황을 파악하는 눈과 냉정한 마음!

"으음. 정치질을 해야 한다니. 자신이 없어지는데."

"?!?!"

태현의 말에 케인은 머리를 한 대 맞은 것 같은 표정을 지었다. 태현이 정치질이 자신이 없다니. 마치 육식동물이 '나 사실 채소를 더 좋아해'라고 고백한 것 같은 충격!

"뭐냐. 그 표정은. 불만이라도 있냐?"

"아, 아무것도 아니다."

"내가 정치질을 잘하는 편은 아니잖아?"

'그게 잘하는 편이 아니면 잘하는 놈은 누구란 말이냐?'

케인은 속마음을 삼켰다.

"그리고 이런 투기장은 판이 작아도 애들이 짜고 치는데 판이 크면 더 짜고 치겠지."

"어떻게 짜고 치는데? 방법이 있나?"

"이런 무식한 놈…… 머리는 폼이냐? 시작할 때 팀을 만들어도 좋고, 아니면 처음부터 길드원들끼리 들어가도 되지."

"같은 길드원들끼리 들어가면 걸리잖아?"

"당연히 안 걸리게 하겠지!"

태현은 케인의 투구를 두들겼다. 맑고 고운 소리가 울려 퍼졌다.

"그리고 이런 건 유명한 사람이 무조건 불리하다고."

"……?"

"너 같으면 15명이 시작하는데 한 명이 랭커야. 어떻게 할 거 같냐?"

"당연히…… 집중 공격하겠군."

"그렇지."

이런 식의 게임에서는 유명할수록, 강해 보일수록 불리했다. 다른 사람들이 합심해서 먼저 탈락시키려고 할 테니까. 그리고 태현은 최근 가장 유명한 플레이어 중 하나. 관심이 아주 뜨겁다 못해 타오를 정도였다.

"뭐, 그건 가서 고민해도 되겠지. 변장도 가능하니까."

"거기서 변장한 상태로 싸우면 수상해 보이지 않을까?"

"잘된 변장은 별로 수상해 보이지 않는 변장이지. 걱정 말라고."

태현은 자신만만하게 말했다. 그는 판타지 온라인 1 때부터 얼굴 숨기고 다니는 것에는 능했다. '수상함'과 '그냥 저 사람은 복면 쓰고 다니는 걸 좋아하나 보다' 사이의 아슬아슬한 균형을 탈 수 있는 게 바로 태현!

그리고 한 가지 더 있었다.

"나무를 숨기려면 숲에 숨기라는 말이 있지."

"그게 왜?"

"네가 투기장에 들어갔는데, 어떤 한 놈이 너무 수상하게 생긴 거야. 장비도 좋아 보이는데 뭔가 아이템을 써서 겉을 가린 거 같고…… 어떤 생각이 들 거 같냐?"

"고렙 플레이어가 견제받기 싫어서 변장했구나, 생각이 들 거 같은데."

"바로 그거야. 그리고 다른 사람들한테는 상대적으로 시선이 덜 가겠지. 잘 부탁한다."

태현은 케인의 어깨를 툭툭 치고 걸어갔다.

케인은 잠시 이해를 못 했다. 뭘 '잘 부탁한다'는 거지?

"야, 설, 설마?!"

"세상에서 가장 수상한 사람처럼 행동하라고. 괜찮아. 어차피 투기장에서는 죽어도 페널티 없잖아."

"으윽……!"

케인은 대꾸하지 못하고 부들거렸다.

"잠깐, 대장장이들 없잖아! 내 장비를 만들어줄 사람도 없다고!"

"내가 있지."

"네…… 가 만든다고?"

"왜. 싫어? 이런 건방진 놈. 너 그 대장장이들이 내 스킬 하나 배우려고 얼마나 따라다닌 줄 아냐?"

"……."

케인의 얼굴이 뭐라도 씹은 것처럼 일그러졌다. 물론 태현의 실력은 잘 알고 있었다.

그렇지만…….

'이 자식이 만들어주는 건 너무 불안해!'

장비를 만들어주는 거 하나 가지고 얼마나 오랫동안 빚을 만들 건지 알 수가 없었다.

게다가 장비도 문제였다.

'장비에 무슨 짓이라도 하는 거 아냐?'

태현을 향한 뿌리 깊은 불신감!

태현이 콩으로 메주를 쑨다고 해도 의심할 케인이었다. 이제까지 당한 게 하도 많아서 곧이곧대로 믿을 수가 없었다.

"너…… 혹시 장비 안에 폭탄이라도 넣는다던가…… 그런 거 하는 거 아니겠지?"

태현 덕분에 사람들 사이에서는 기계공학 스킬 유행이 불고 있었다. 그 유행만큼 사람들 사이에서는 헛소문도 많이 퍼졌다.

-기계공학으로 펫 만들 수 있다더라.

-기계공학으로 함정도 강화시킬 수 있다더라.

이 정도는 말이 되는 소문이었고.

-고급 기계공학 스킬 찍으면 기계공학 드래곤 만들 수 있다더라.

-기계공학으로 사람도 만들 수 있다던데? 그걸로 김태현이 부하도 만들어서 부리고 다닌대. 드래곤도 사실 기계공학 스킬 관련 펫이라던데.

정확한 정보를 얻기 힘드니 온갖 방향으로 퍼져 나가는 소문들!

게다가 원래 플레이어들은 다른 직업의 스킬에 대해서는 자세히 알지 못했다. 특히 직업 분야가 다른 경우에는 더더욱. 케인은 전투 직업만 해왔기에 제작 직업이 뭐가 가능한지 알지 못했다.

케인은 수상하다는 듯이 태현을 쳐다보았다. 태현이 장비를 만들어준다면서 안에 폭탄이라도 넣는다면…….

그러나 태현은 케인의 말을 듣고 무릎을 쳤다.

"아니. 그런 좋은 아이디어가!"

"……!"

"이 자식. 가끔은 쓸 만한 생각도 하잖아? 좋아. 그렇게 해주지."

"잠, 잠깐만. 내가 해달라는 게 아니잖아, 이 자식아!"

"사양할 거 없어. 걱정 마. 보이지도 않을 테니까."

"그게 어떻게 걱정 안 할 일이냐 이 자식아!?"

아이템에 달린 추가 옵션은 자격이 있어야 볼 수 있었다. 만든 사람이라거나 제작 스킬이 높다거나…….

케인 같은 사람은 태현이 작정하고 만들면 볼 수 없었다.

옆에서 펄쩍 뛰거나 말거나 태현은 귀를 막고 장비를 만들기 시작했다.

노리는 것은 하나. 세상에서 가장 수상해 보이는 세트!

'근데 이제 폭탄도 좀 아끼긴 해야겠군.'

태현은 그렇게 생각하며 아이템을 정리했다.

마르텐 후작 전투 이후 얻은 것을 정리하는 시간!

갖고 있던 화약이나 폭탄 재료들은 거의 다 쓴 상태였다. 아농 성에 있던 것까지 다 끌어와서 썼으니…….

덕분에 그런 보스 몬스터를 쉽게 잡을 수 있었지만, 갖고 있던 폭탄 아이템 양이 확 줄어버렸다. 짐꾼으로 쓰던 대장장이들도 빠졌고, 여러모로 손이 묶인 셈이었다.

기계공학의 핵심은 결국 재료와 시간!

'어디 또 아농 백작이나 맥크레니 상단 같은 호구 없나?'

엄밀하게 따지면, 태현은 판타지 온라인 2에서 제작 직업의 고충을 아직까지 제대로 겪지 않았다.

제작 직업의 가장 큰 고민은 역시 재료!

재료가 있어야 무언가를 만들 수 있었다. 스킬이 올라가고 더 상위 등급의 아이템을 만들려면 더 희귀한 재료가 더 많이 필요했다. 상대적으로 약한 제작 직업이 직접 재료를 모으는 건 힘들었다. 사람들이 괜히 대형 길드에 들어가는 게 아니었다. 대형 길드에 들어가지 않은 플레이어들은 좋은 아이템을 만든 다음 팔아서 골드를 모으고, 그 골드로 재료를 다시 사는 그런 방법을 주로 썼지만…….

태현은 그러지 않았다.

내가 없다면 있는 놈한테 뜯는다!

맥크레니 상단, 아탈리 왕국, 아농 성…….

친밀도와 공적치 포인트, 퀘스트로 뜯을 수 있을 때까지 뜯어낸 태현이었다.

다른 제작 직업들은 상상도 하지 못할 사치!

'자, 그러면 우리 후장, 아니, 후작님은 뭘 주셨으려나?'

산타 할아버지한테 선물을 받는 것 같은 두근거리는 마음으로, 태현은 아이템을 확인하기 시작했다.

고대 뱀파이어의 각인:

고대 뱀파이어들이 즐겨 사용했던 문신이다. 몸에 새길 경우 고대 뱀파이어들의 권능 중 하나를 얻을 수 있다.

'……!'

권능. 아키서스의 권능으로 쏠쏠하게 이익을 본 태현으로서는 귀가 번쩍 열리는 단어였다. 아키서스의 권능만큼은 아니더라도 고대 뱀파이어의 권능도 꽤 좋은 게 많을 것이다.

'뱀파이어의 권능은 뭐가 있으려나?'

당장 생각나는 건 흡혈, 안개화, 동물 부리기…….

'아. 잠깐.'

태현은 멈칫했다. 고대 뱀파이어의 후예 직업을 갖고 있는 에반젤린이 떠오른 것이다.

그녀가 갖고 있는 권능 중 하나는…….

'……행운 -999도 있었잖아?'

순간 등이 오싹해졌다.

설마 그런 권능이 나오지는 않겠지?

태현은 일단 다른 아이템들을 확인했다.

카인의 오른팔:

내구력 ∞/∞, 마법 방어력 175, 신성 방어력 175.

뱀파이어가 아닐 경우 사용 시 저주받음.

악명 제한 1,000.

스킬 '고대 뱀파이어로 변신' 사용 가능, 스킬 '카인의 흡혈' 사용 가능.

고대 뱀파이어의 선조이자 우두머리였던 카인이 사용했던 팔찌다. 타락한 카인이지만 그가 강력한 대마법사로서 뱀파이어들이 사용하는 비술들을 만들었다는 사실을 부정할 수 있는 사람은 없을 것이다.

'이건…… 대단한데?'

태현은 저도 모르게 침을 삼켰다. 물리 방어력 옵션은 없었지만 마법 방어력과 신성 방어력 옵션이 장난이 아니었다.

-명품은 덕지덕지 옵션을 달지 않고 심플하게 스탯으로 말한다!

<카인의 오른팔> 팔찌는 마치 그렇게 말하는 것 같았다.

스킬도 2개지만 딱 봐도 평범한 스킬이 아니었다.

'고대 뱀파이어로 변신에, 카인의 흡혈이라니…….'

카인의 흡혈은 강력한 흡혈 스킬. 뱀파이어의 끈질긴 생명력과 강함의 원인 중 하나가 바로 <흡혈> 계열 스킬이었다. 하급 흡혈, 중급 흡혈, 속성 흡혈…… 온갖 흡혈 스킬들이 다 있는 게 뱀파이어!

그중에서도 카인이라는 이름이 들어갈 정도면 강력한 스킬이 분명했다. 그리고 <고대 뱀파이어로 변신>은 한술 더 떴다. 아예 고대 뱀파이어 자체로 종족을 변신하는 것!

'일정 시간 동안 고대 뱀파이어가 될 수 있다…… 라.'

태현은 생각에 잠겼다. 어떤 장점이 있을까?

'행운이 -999 내려가는 건 별 의미가 없겠고.'

이제 행운이 3,500이라 -999 가지고는 간에 기별도 안 갔다. 그걸로 꼼수를 부릴 수는 없을 것이다.

역시 고대 뱀파이어 종족이라면 그 특유의 끈질긴 생명력!

태현은 에반젤린이 싸우는 것을 직접 봤다. 랭커라고는 해도 그 전투력은 대단했다. 행운 -999 페널티를 받은 만큼 다른 보너스를 받은 것이다.

'언제 쓸지는 잘 모르겠지만, 없는 것보단 낫겠지.'

사실, <고대 뱀파이어로 변신>보다는 마법 방어력이나 신성 방어력 스탯이 더 쓸 만하게 느껴졌다. 이런 건 그냥 장착만 해도 쓸 수 있었으니까.

'다른 아이템들은 뭐가 남았지?'

마르덴 후작의 살아 움직이는 가면:

내구력 99/99

사용 시 외모 변경이 가능. 각종 수치를 숨길 수 있음.

오래 착용 시 악명 증가.

마르덴 후작이 정체를 숨기기 위해 사용했던 가면이다. 그는 뱀파이어가 된 이후에도 귀족으로서 활동했다. 이 가면이 없었다면 불가능했을 것이다.

"!!!!!"

이런 아이템을 쓸 일이 없는 플레이어들이 봤다면 '에이, 이게 뭐야?'하고 실망했을 것이다. 그러나 태현은 이 아이템의 진정한 가치를 바로 알아차렸다. 아니, 태현 같은 사람이야말로 이런 아이템을 잘 쓸 수 있는 사람!

'완전한 변장이 가능한 아이템이잖아?!'

살가죽처럼 생긴 가면은 살아 움직이는 것처럼 꿈틀거렸다. 이걸 쓰면 복면이나 어설픈 가면보다 훨씬 더 간편하게 정체를 숨길 수 있었다. 겉으로 보면 가면을 쓴 것 같지도 않았으니 그 효과는 두 배!

악명이 증가하는 페널티 정도는 신경 쓰이지도 않았다.

'남은 건…….'

장비 하나와 각인 하나를 제외하고 남은 것들은 스크롤들이었다. 일회용 마법 아이템.

흡혈 박쥐 떼 소환 스크롤:

근처에 흡혈 박쥐 떼를 풀어놓는다. 6시간 동안 유지되며, 일정 거리 안의 흡혈 박쥐는 조종이 가능하다.

뱀파이어의 눈 스크롤:

숨어 있는 적들을 찾아내는 <뱀파이어의 눈> 마법을 시전한다.

흘러내리는 피의 저주 스크롤:

적에게 <흘러내리는 피의 저주> 마법을 시전한다.

좋은 스크롤들이었다. 마르덴 후작은 뛰어난 마법사였고,

갖고 있는 아이템들도 괜찮았다.

화신 봉인 저주 비전서:

화신을 봉인하는 저주에 관한 비전서.

[최소 고급 마법 스킬이 필요합니다. 마법 스킬이 낮아 읽을 수 없습니다.]

〈화신 봉인의 저주-스킬 퀘스트〉

위대하고 뛰어난 시대의 영웅 마르덴 후작은 더럽고 비열한 화신에게 기습을 당한 적이 있다.

물론 마르덴 후작이 그런 자에게 겁을 먹지는 않았지만, 위대하고 뛰어난 시대의 영웅 마르덴 후작은 비열한 화신에 대한 대응 방법을 연구했다.

이 비전서는 그 연구의 정수다. 이해할 수 있다면 화신 봉인의 저주를 배울 수 있을 것이다.

보상: ?

스킬 퀘스트. 보상으로 스킬을 주는 퀘스트였다. 마르덴 후작과 관련된 퀘스트여서 그런지 마르덴 후작에 관한 칭찬이 과했다.

'그보다…….'

태현은 이 아이템을 파괴시킬까 진지하게 고민했다. 마법 스킬을 고급까지 찍으려면 너무 많이 남았던 것이다.

그에 비해 얻는 보상은 태현한테는 별 쓸모가 없었다. 완전히 태현을 엿 먹이기 위한 스킬 아닌가.

'마르텐 후작은 착각해서 뻘짓을 했지만…… 다른 놈들이 또 그러리라는 법은 없으니까.'

태현은 찜찜한 마음을 감추고 일단 아이템들을 가방 안에 집어넣었다. 맥크레니 상단에서 갖고 나온 가장 비싼 가방인데도 불구하고 아이템이 빼곡하게 찼다.

착용할 건 착용하고, 넣을 건 넣고…… 쓸 건 써야 했다. 태현은 〈고대 뱀파이어의 각인〉을 사용할 준비를 했다.

뭐가 걸릴지 불안하기는 했지만 그렇다고 안 쓸 수는 없었으니까.

꿀꺽-

[고대 뱀파이어의 각인을 사용합니다.]

[권능을 얻습니다.]

[몬스터 조종 스킬을 얻습니다.]

<몬스터 조종>

고대 뱀파이어의 최면 능력은 살아 있는 생물들을 지배할 수

있다. 스킬 레벨이 높아질수록 강한 몬스터를 조종하는 게 가능해진다.

*현재 스킬 레벨 1.

'다행이다.'

행운 -999 같은 게 나올까 봐 가슴을 졸였던 태현은 안도의 한숨을 내쉬었다.

몬스터 조종. 쓸 만한 스킬이었다. 물론 사디크 사제처럼 괴수 몬스터를 소환해서 부리거나 하지는 못할 것이다.

지금 수준에서는 돌아다니는 토끼나 쥐, 뱀 같은 몬스터 정도를 조종하는 게 전부! 스킬 레벨을 올리고 올려도 대형 몬스터까지 가기는 힘들어 보였다.

'그래도 쓰기 나름이지.'

꼭 좋은 스킬만 유용한 건 아니었다. 태현은 얼핏 보면 쓸모없어 보이는 스킬도 잘 쓰면 유용하다는 걸 잘 알고 있었다. 비주류 스킬의 활용. 이건 언제나 상대방의 예상을 깨는 강력한 장점이었다.

'좋아. 아이템은 확인 다 했고…… 이제 만들어볼까?'

태현은 오랜만에 의욕적으로 장비를 만들 준비를 했다.

기계공학 중급! 대장장이 기술 중급!

어지간한 대장장이 플레이어는 그냥 빰을 후려갈기는 스펙이었다.

물론 장비는 들어가는 재료도 중요했지만, 태현의 실력과 운이라면 녹슨 철을 갖고서도 나름 쓸 만한 장비를 만들 수 있었다.

땅, 땅, 땅-

태현이 자리를 잡고 망치를 두드리기 시작하자, 옆에서 케인이 안절부절못하며 지켜보았다.

'제발 폭탄만은!'

케인은 다른 건 다 포기했다. 제발 갑옷 안에 폭탄만 넣지 마라!

아무리 케인이 탱커 계열의 직업에다가 겁이 없더라도 갑옷 안에 폭탄을 넣어 다니고 싶지는 않았다. 그러나 태현은 케인의 말을 한 귀로 듣고 한 귀로 흘렸다. 애초에 케인의 말을 들어줄 사람이 아니었던 것!

아주 잘 만들어진 매우 수상한 사람의 갑옷:

내구력 285/285, 방어력 75

스킬 '로켓 발사' 사용 가능, 스킬 '칼날 솟아오르기' 사용 가능, 스킬 '강렬한 협박' 사용 가능.

(추가 옵션) 스킬 '자폭' 사용 가능.

레벨 제한 80. 힘 제한 100. 체력 제한 100.

아주 잘 만들어진 매우 수상한 사람의 투구:

내구력 200/200, 방어력 50

스킬 '고블린 식 레이저 포' 사용 가능, 스킬 '회전 칼날 뿔' 사용 가능.

(추가 옵션) 스킬 '자폭' 사용 가능.

레벨 제한 80. 힘 제한 100. 체력 제한 100.

대장장이 기술 중급, 기계공학 중급을 찍은 태현은 이제 제작에서도 어느 정도 완숙의 경지에 올라 있었다. 아이템을 만들 때 원하는 옵션을 노리고 방향을 만들 수 있는 것이다.

거기에 강력한 행운까지 업고 최고의 결과를 만들어낼 수 있으니…….

주변에서 얻은 재료들로 급하게 만든 장비라고는 아무도 생각하지 못할 정도의 성능!

"이, 이건……."

케인은 완성된 장비 세트를 보고 말을 더듬었다. 성능은 괜찮았다. 이걸 이 자리에서 만들었다는 게 믿기지 않을 정도로.

그렇지만…….

'이건 좀 너무하잖아!'

거대한 뿔에, 각진 어깨 부위, 무슨 악역 변신 로봇 같은 겉모습!

〈매우 수상한 사람 세트〉는 입고 다니기만 해도 주변 사람들의 시선을 다 모을 것 같았다.

"왜, 싫어? 다시 만들어주랴?"

"아, 아니야!"

태현의 목소리가 절대로 친절하게 들리지 않았기에, 케인은 손사래를 쳤다. 그 성격에 다시 만들면 분명 더 괴팍하고 괴상하게 만들 것!

케인은 받은 세트 아이템들을 다시 훑어보았다.

'스킬은 쓸 만하긴 한데…….'

케인도 태현의 장기가 기계공학 스킬이란 건 알고 있었다. 그래서 그런지 장비 스킬도 기계공학 관련 스킬이 들어가 있었다. 지금 판타지 온라인에서 기계공학을 파는 대장장이가 거의 없었으니, 이건 나름 희귀한 아이템이었다.

그렇게 생각하니 갑자기 생기는 욕심!

"흠. 흠흠. 잘 쓰겠다."

"그렇게 나와야지."

태현은 씩 웃으며 케인의 어깨를 두드렸다. 케인은 설마 추가 옵션에 자폭이 달려 있을 거라고는 생각도 하지 못하고 세트 아이템을 잘 챙겨 넣었다.

"하하!"

"하하하!"

서로 다른 꿍꿍이를 가진 두 남자!

-주인이여. 주인이여.

"왜 그러냐."

-아까 하는 이야기를 들었다. 정체를 숨겨야 한다는 건가?

"그렇겠지."

-그러면 나도 그래야 하나?

"그래야 하지 않겠어?"

-말도 안 된다!

용용이는 날개를 퍼덕이며 외쳤다.

-이제 막 힘을 회복해 가고 있는데 숨으라니! 더 이상 숨지 않겠다! 주인의 신수로서 힘과 위엄을 보여주겠다!

"위엄은 예전 덩치 정도로 돌아와야 보여줄 수 있지 않을까……."

크기를 더 크게 할 수는 있었지만, 지금 모습은 위엄보다는 귀여웠다.

"확실히 네가 어느 정도 힘을 회복했는데 활용하지 않는 건 아쉽긴 해."

-그렇다!

"그렇다고 쓰면 바로 들킬 테고…… 어떻게 해야 할까……."

태현은 생각에 잠겼다. 용용이 같은 펫은 흔하지 않았다. 게다가 태현과 같이 다니는 모습이 방송을 탔기 때문에 다른 사람들이 본다면 바로 태현을 생각할 것이 분명했다.

"아. 케인처럼 하면 되겠군."

-무슨 소리인가?

"하하. 별거 아니야."

"읍! 으으으읍! 읍읍읍!"

"너 텔레파시로 말할 수 있는 거 아니었냐?"

-읍…… 그렇군! 잠깐! 주인이여! 당장 이걸 풀지 못하겠나!

"왜. 잘 어울리는데."

태현은 간단하게 문제를 해결했다. 황금빛 귀여운 겉모습이 문제라면 그걸 덮어버리면 된다!

펫 중에는 <작은 강철 강아지>라는 펫이 있었다. 이름 그대로 가죽이 강철로 된 작은 강아지 펫이었다. 구하기 쉽고 방어력도 나름 있어서 초보자들도 많이 데리고 다니는 펫!

태현은 대장장이 기술로 강철을 펴서 용용이의 몸 전체를 감싸는 갑옷을 만들었다. 툭 튀어나온 날개는 펫 추가 장비처럼 속였다. 겉에서 보면 그럴듯한 <작은 강철 강아지>!

물론 용용이가 그 방법에 동의한 건 아니었다.

"자. 이제 날지 말고 걸어서 가면 완벽하네."

-#^&^*#! @#&^@^!

용용이가 항의하거나 말거나 태현은 아주 만족해서 계속 그렇게 걷게 시켰다.

"선배님, 저도 변장할까요?"

"아니. 너희들은 안 해도 될 거 같은데."

태현은 루포나 에드안, 정수혁은 굳이 변장할 필요성을 느끼지 못했다. 어차피 이들은 투기장에 들어가지 않을 테니까. 적당히 망토로 몸만 가려도 충분했다.

"대신 좀 따로따로 다니자고. 그런데 너 전직도 했는데 직업 퀘스트는 안 떴냐?"

"아. 떴습니다."

"……?"

태현은 고개를 갸웃거렸다.

"근데 왜 이러고 있냐?"

"선배님을 따라다니는 게 더 좋아서…… 억!"

딱!

"이런 멍청한 놈을 봤나. 직업 퀘스트가 떴으면 직업 퀘스트를 하러 가야지!"

"그, 그렇지만 선배님한테 받은 게 있으니 그만큼……."

딱! 딱!

태현은 다시 한번 정수혁의 머리를 두들겼다. 투구만큼은 아니어도 경쾌한 소리가 났다.

"헛소리하지 말고 퀘스트 깨러 가라. 네가 없어도 난 알아서 잘하거든? 네가 성장을 해야 도움이 되지."

"그, 그렇군요. 지금 당장 퀘스트를 깨러 가겠습니다!"

"근데 무슨 퀘스트냐?"

태현은 갑자기 호기심이 생겼다. 정수혁의 직업은 태현과 강한 관련이 있었던 것이다. 무려 직업 이름부터가 〈아키서스 교단 마법사〉. 호기심이 생길 수밖에 없었다.

'아키서스 교단 성기사 같은 것도 나중에 나오려나?'

"아. 이런 퀘스트입니다."

정수혁은 태현이 관심을 가져주자 신이 나서 창을 켰다.

〈좋은 말씀 전하러 왔습니다-아키서스 교단 마법사 직업 퀘스트〉

대륙의 왕국들은 수많은 교단들로 꽉 찬 상태다. 새로운 신을 믿게 하는 것도 어렵고, 다른 교단들도 가만히 보고 있지 않을 것이다.

답은 미지의 땅에 있는 사람들에게 있다. 그들을 설득하고 다독여 새로운 신, 아키서스를 믿게 만들어라.

-우르크 지역 원시 인간 부족 (0/5)

-붉은 바다 무법자 부족 (0/7)

-옛 땅굴 고블린 부족 (0/4)

보상: ?, ??, 신성 획득, 아키서스 교단 명성 상승.

'뭐 이런 퀘스트가 다 있냐?'

태현도 당황스러운 퀘스트 내용!

일단 퀘스트 이름도 좀 수상했지만 내용이 더 수상했다.

'게다가 우르크 지역은 거기잖아!'

잘츠 왕국에서 더 동쪽으로 가야 나오는 험준한 땅. 오크 부족들이 우글거리고 오크 대족장(태현이 아들을 죽인)이 이를 갈고 있는 땅!

이름만 들어도 불길했다.

'잠깐. 우르크 지역에 오크들 말고 다른 놈들도 있었나?'

퀘스트를 자세히 보자 다른 부족들에 대한 설명도 나왔다.

우르크 지역 원시 인간 부족:

우르크 지역에서 넘쳐나는 오크들과 싸워서 살아남은 강력한 인간 부족이다. 그들의 마법은 오크 주술사들도 두려워한다.

붉은 바다 무법자 부족:

우르크 지역 앞 바다를 주름잡는 다크 엘프 해적들이다. 우르크의 오크들도 그들을 두려워해 붉은 바다로는 나가지 않는다.

옛 땅굴 고블린 부족:

우르크 지하의 땅굴에서 살고 있는 고블린 부족이다. 그들을 노예로 부리려는 오크들에게 치열하게 저항하고 있다. 고블린식 기계공학에 능숙한 그들은 오크들의 지역에서도 버티고 있다.

'……!'

우르크 지역은 생각보다 오크를 싫어하는 사람들이 많은 모양이었다. 물론 그들이 태현을 좋아할지는 의문이었지만.

우르크 지역 원시 인간 부족은 태현을 좋아할지 싫어할지 잘 감이 안 왔고, 붉은 바다 무법자 부족은 태현을 싫어할 것 같았다.

카테란드 섬을 날려 버리고 해적들을 제압한 게 태현!

그나마 옛 땅굴 고블린 부족이 좀 만만해 보였다. 태현은 고블린, 특히 기계공학 스킬을 잘 아는 고블린을 상대할 때 매우 유리했다.

"그러면 저는 지금 출발해 보겠습니다."

"……수혁아."

"예?"

"파이팅!"

"예! 열심히 하겠습니다!"

태현은 정수혁을 말리지 않았다. 퀘스트가 어려워 보여도 하는 건 정수혁이었으니까!

게다가 지금 퀘스트가 떴다는 건 정수혁이 퀘스트를 깰 가능성이 있다는 걸 의미했다.

'수혁이가 저기로 가서 우르크 지역 부족들과 친목질을 할 수만 있다면 분명 도움이 된다.'

태현은 바보가 아니었다. 한 번 저지른 일은 어떻게든 돌아오게 되어 있었다. 오크 대족장의 아들을 죽였으니 분명 언젠가는 한 번 그에 관련된 사건을 겪게 되리라.

'에이, 설마 그러겠어?' 하면서 아무 일도 안 하는 건 멍청이나 하는 짓이었다.

오래 살려면 구멍을 여러 개 파둬야 하는 법!

태현은 정수혁을 보내서 우르크 지역을 흔들어볼 생각이었다. 우르크 지역은 현재 다른 플레이어들도 잘 안 가는 곳.

흔들 수 있다면 많은 도움이 될 것이다. 정수혁이 죽을 가능성도 높겠지만…….

아발랍 시로 가는 길은 편안했다. 판타지 온라인 2가 언제 어디서든 안심을 할 수 없는 게임이기는 했지만, 그래도 보통

이런 큰길에서 나타나는 몬스터는 상대하기 쉬웠다.

정수혁이 빠졌어도 태현 파티의 전투력은 막강한 수준!

"늑대 라이더 오크입니다!"

"잡아."

"이런, 고블린 주술사하고 오크 전사가 오네요!"

"잡아."

"저기 오크 전사들이, 아. 플레이어구나. 몹인 줄 알았네."

"……."

에스파 왕국은 에랑스 왕국과 분위기부터가 달랐다. 에랑스 왕국은 돌아다니다 보면 녹색 들판과 졸졸 흘러가는 시냇물, 반짝이는 나뭇잎들을 볼 수 있었지만, 에스파 왕국은 모래바람과 황무지와 바위들을 볼 수 있었다. 게다가 야생 오크 부족들이 많고 오크 플레이어들도 많아 사람을 헷갈리게 만들었다.

"진, 진짜 몹인 줄 알고 친 거예요!"

"헛소리 마, 이 자식아! PK 해놓고 어디서 모른 척이야?!"

곳곳에서 싸우는 플레이어들을 더 많이 볼 수 있었다. 태현은 흐뭇해서 코밑을 훔쳤다.

역시 이래야 재밌지!

멀리 아발랍 시가 보였다. 약간 낮지만 흰색 돌로 된 성벽은 황무지 사이에서 눈에 띄었다.

"오크 재봉사가 천 옷 만들어 드립니다! 주술사 계열 전문이에요! 한 번 받아보세요!"

"싸우기 전에 특제 거대 지렁이 요리 드시고 가세요! 먹기만 해도 힘이 상승!"

물론 변하지 않는 것도 있었다. 도시 주변에서 호객행위를 하는 제작 직업 플레이어들!

태현은 별 신경을 쓰지 않고 걸어갔다.

"김태현……."

"?!"

태현은 누군가 그의 이름을 부르자 깜짝 놀랐다. 완벽하게 위장했는데 대체 어떻게?!

"……도 쓰는 바로 그 기계공학! 기계공학을 다루는 대장장이가 만든 폭탄! 마법이고 뭐고 다 필요 없습니다! 폭탄 한 방이면 됩니다!"

"……."

태현은 어이가 없어서 헛웃음을 지었다.

'난 또 뭐라고…….'

그런데 태현의 이름을 쓰는 대장장이가 한 명이 아니었다.

"김태현이 사용한 기계식 덫! 이거 깔고 몬스터 몰면 몰이사냥 그대로 됩니다!"

기계공학 꿈나무들!

태현의 영상 덕분에 갑작스럽게 늘어난 플레이어들이었다.

다들 조잡한 폭탄이나 기계공학 함정을 팔고 있는 걸 보자 태현은 어떻게 된 건지 깨달았다.

"어, 어…… 이거 터진다!"

콰쾅!

"으아악!"

폭발과 함께 대장장이가 비명을 질렀다. 폭탄을 만들다가 폭발해 버린 것!

태현 때문에 기계공학이 갑자기 유행을 탔지만, 그렇다고 해서 기계공학이 가진 커다란 단점이 사라지지는 않았다.

불안정성!

대장장이 기술과 비교했을 때 기계공학 스킬은 너무 불안정했다. 폭탄 하나를 만들어도 재수 없으면 폭발할 수 있는데, 이런 걸 계속 만드는 건 목숨을 걸어야 했다. 스킬 레벨을 올리고 올리면 그나마 좀 나아지지만, 거기까지 가는 것도 보통 일이 아니었다. 모든 사람이 태현처럼 행운으로 폭발을 씹어 먹고 최고의 성능을 가진 아이템을 만들어서 스킬 레벨을 쭉쭉 올릴 수 있는 건 아니었으니까.

"으아악 폭발이다!"

"피해! 내 거까지 터진다!"

대장장이 한 명이 비명을 지르자 다른 대장장이들도 급히 좌판을 챙겨서 옆으로 뛰었다.

폭발을 두려워하는 건 그들도 마찬가지!

폭탄을 사려고 했던 다른 플레이어들은 그 광경을 보고 기겁을 해서 외쳤다.

"저, 저렇게 멋대로 폭발하면 어떻게 쓰라고!"

"아냐! 평소에는 별로 폭발 안 해! 40% 정도밖에 폭발 안 한다고!"

물론 그런 말로는 겁먹은 플레이어들을 달랠 수 없었다.

"그게 별로냐 이 자식아!"

"안 사, 안 사!"

김태현이 썼던 폭탄이라는 말을 듣고 솔깃했던 플레이어들은 우르르 빠져나갔다.

남은 대장장이들은 어깨를 축 늘어뜨렸다.

"아. 진짜…… 김태현은 어떻게 안 터지게 하는 거지?"

"뭔가 스킬이 따로 있는 게 분명해. 직업 스킬일 거야."

"직업 스킬이 아닐 수도 있어. 대장장이 스킬일 수도."

"혹시 그냥 운 좋아서 안 터진 거 아냐?"

"말이 되는 소리를 해라! 그게 말이 되냐!"

"미, 미안해……."

"……."

태현은 왠지 미안한 마음으로 대장장이들 사이를 지났다. 자신이 기계공학을 하라고 한 건 아니지만, 태현 때문에 들어서게 된 것이나 마찬가지였으니까.

'그래도 열심히 하긴 하네.'

만들다가 폭발이 일어나도 플레이어들은 기계공학을 포기하지 않고 있었다. 그리고 아이템이 폭탄만 있는 것도 아니었다. 기계공학의 꽃이 폭탄인 거지, 기계공학은 의외로 범위가 다양했다.

<부스터 달린 외발자전거>나 <50% 확률로 펴지는 낡은 낙하산> 같은 아이템도 있었다. 용케 제작법을 구해서 만든 모양이었다.

'물론 아무도 안 쓰겠지만.'

대장장이와 달리 기계공학은 스킬 레벨이 낮을 때 만든 물건들이 매우 위험했다. 당연히 쓰는 사람이 없었다.

"혹시 이 폭탄 사실래요?"

"아. 안 사, 안 사!"

대장장이 한 명이 케인을 붙잡고 말을 걸자 케인이 질색을 했다.

그에게 폭탄은 트라우마를 불러일으키는 물건!

"50실버! 50실버만 받을게요!"

"안 산다니까!"

"40실버! 진짜 원가에요!"

"40실버든 40쿠퍼든 안 산다고!"

"내가 사지."

"?!"

케인은 태현을 쳐다보았다. 이 쓰레기 같은 걸 산다고?

"야. 이걸 왜 사냐?"

"다 쓸 곳이 있거든."

태현에게는 <여기에다가 쓸 수 있는 건 저기에다가도 쓸 수 있어> 스킬이 있었다. 조잡하게 만들어진 아이템이라도 일단 기계공학 관련 아이템이면 분해해서 활용이 가능!

"저, 저도!"

"제 것도 사주세요!"

호구가 한 명 잡히자 주변에 있던 대장장이들은 벌떡 일어나서 아이템을 팔기 시작했다. 가면을 써서 인자한 얼굴로 변장하고 있던 태현은 허허 웃으며 말했다.

"하하. 그렇게 급하게 안 하셔도 다 사드립니다."

"……!"

"제 거! 제 거부터 먼저!"

우르르-

도시 성문 주변에 있던 대장장이들이 기회를 놓칠세라 몰려들었다. 밀치고 밀어내고 끼어드느라 정신이 없을 정도!

"급하게 안 하셔도……."

"내 거! 내가 먼저야!"

"비켜! 나 이거 못 팔면 하루 동안 굶어야 해!"

"너나 비켜 이 자식아!"

"……죽을래, 줄 설래?"

"!??!"

"네?"

순간 음산한 목소리가 태현한테서 흘러나오자 대장장이들은 당황했다.

방금 잘못 들었나?

그러나 태현은 사람 좋은 미소를 짓고 있을 뿐이었다.

"하하. 줄을 서세요. 빨리해야 하니까."

"아. 네……."

"장사는 이렇게 하는 거지."

태현은 만족스러운 얼굴로 아발랍 시의 성문을 지나 안으로 들어섰다. 기계공학을 막 배우기 시작한 대장장이들은 재룟값이라도 챙기기 위해서 아이템을 원가로 마구 팔아댔던 것이다.

[기계공학 스킬이 중급입니다. <부스터 달린 외발자전거>의 제작법을 이해합니다.]

[기계공학 스킬이 중급입니다. <50% 확률로 펴지는 낡은 낙하산>의 제작법을 이해합니다.]

대장장이들이 만든 아이템들은 어지간해서 태현의 눈을 벗어나지 못했다. 스킬 레벨보다 낮은 수준의 아이템들은 보는 것만으로도 제작법을 얻을 수 있었다.

"그거 터지는 불량품들이잖아."

"내가 만지면 안 터지거든."

"흥. 그런 걸 갖고 다니는 건 멍청한 짓이지. 나 같으면 절대 그러지 않을 텐데."

케인은 투덜거리며 앞서서 걸음을 옮겼다. 태현은 미묘한 표정으로 케인의 뒷모습을 쳐다보았다.

"……."

갑옷 안에 폭탄이 들어 있다고는 생각지도 못하는 케인!

'모르는 게 낫겠군!'

스스로가 참 배려심이 넘쳐난다고 생각하는 태현이었다.

챙! 채채챙!

"……?"

거리 옆에서 들리는 무기 부딪히는 소리. 태현은 머리를 내밀어서 무슨 일이 일어나나 확인했다.

"이 치사한 자식들이……!"

"꼬우면 너도 길드에 들어가던가! 그러게 누가 우리 말 듣지 말래?"

모범적인 다구리였다. 골목에 한 명을 몰아넣고 빠져나가지 못하게 한 다음 세 명이서 두들겨 패고 있었다. 전부 플레이어. 다른 도시에서는 보기 힘든 PK였다.

'뭐지?'

태현은 고개를 갸웃거렸다. 보통 도시 안에서는 플레이어들이 싸우는 일이 드물었다. 싸울 수야 있었지만, 싸우는 순간 경비병이 달려오는 것부터 시작해서 온갖 불이익이 날아오는 것이다. 어지간히 멍청하거나 열이 받지 않고서야 도시 안에서 PK를 시도하지는 않았다. 그런데 저 싸우는 모습은 어떤 길드의 길드원들이 한 명을 공격하고 있는 것 같았다.

'단체로 미쳤을 거 같지는 않고…… 다른 이유가 있겠군.'

태현은 주변을 둘러보았다. 그리고서는 아무나 지나가는 플레이어 하나 잡고 순진무구한 목소리로 물어봤다.

"저기, 여기는 경비병이 왜 안 달려와요?"

멀리서 지나가던 케인은 고개를 홱 돌렸다. 지금 내가 뭘 들은 거지?

태현한테 붙잡힌 플레이어는 피식 웃으며 말했다.

"새로 오셨나 봐요? 아발랍 시는 안에서 PK해도 아무도 안 막아요."

"뭐?! 그런 좋은 곳이 있다고?"

"어?"

"하하. 아무것도 아니에요. 그런데 왜 안 막죠?"

"몰라요. 도시 주인인 총독이 명령을 내렸는데 NPC니까…… 귀족들 보기 힘들잖아요."

들어보니 아발랍 시는 모험가들끼리 PK를 해도 신경을 쓰지 않는 모양이었다. 도시 안의 상인 같은 NPC를 건드리면 다른 도시처럼 엄격하게 반응하지만, 모험가들끼리의 PK는 그냥 방관!

태현은 '뭐 이리 좋은 도시가 있냐'하고 생각했다.

"그럼 저 사람들은 뭐하는 거죠?"

"투기장 때문에 싸우는 거겠죠."

"……?"

"진짜 아무것도 모르시나 보네. 아무것도 모르는데 아발랍 시는 왜 오신 거예요?"

"도시 구경하는 게 재밌어서요."

순진무구한 목소리로 말하자 플레이어는 고개를 끄덕였다. 태현처럼 그냥 구경하는 재미로 판타지 온라인 2를 즐기는 사람도 많았으니까.

"구경할 거면 잘 왔네요. 곧 있으면 투기장 열리니까 그거도 볼 수 있겠고요."

플레이어는 골목을 슬쩍 본 다음 목소리를 낮춰서 말했다.

"원래 여기 투기장 보상이 짭짤한데, 이번에는 또 총독이 투기장 우승자한테 추가로 보상을 걸었거든요."

"아이템?"

"아이템도 아이템이고, 도시에서 작위도 주고…… 뭐 이것저것 주나 봐요. 그래서 길드들이 눈 뒤집힌 거죠. 투기장에 참가할 거 같은 경쟁자들 찾아서 꺾어놓으면 쉬워지니까……."

"그 정도로 보상이 좋아요?"

"저야 저 투기장 퀘스트는 참가 안 해서 보상은 잘 모르죠. 정확하게 나오지도 않았다는데…… 그래도 작위 자체가 대단한 보상이니까 저러는 거 아니겠어요? 하여간 김태현이 사람 여럿 버려놨다니깐. 욕심부린다고 되는 게 아닌데."

뜨끔!

태현이 작위와 영지를 받은 것 때문에 여러 사람이 목을 매달고 있기는 했다. 그는 찔리는 마음을 감추고 표정을 관리했다.

"설마 김태현도 몰라요? 판타지 온라인 2 하면 방송도 좀 보고 그래요. 그냥 즐기는 것도 좋지만 정보를 아느냐, 모르느냐가 큰 차이거든. 저 보세요. 레벨이 무려 62라고요."

"아, 네……."

"저보다 레벨 낮으시죠?"

"……."

뭐라고 반박할 수가 없는 팩트!

태현은 고개를 끄덕였다. 그러자 상대방은 그럴 줄 알았다는 듯이 말했다.

"그럴 줄 알았어요. 즐기는 것도 즐기는 거지만 레벨 좀 더 올리면 많이 즐길 수 있으니까 조금은 올려봐요. 저처럼 말이에요."

"아, 네…… 알겠습니다……."

떨떠름했지만 태현은 굳이 뭐라고 하지 않았다. 정보를 알려줬으니 저 정도 자랑은 들어줄 수 있었다.

플레이어가 가버리고 나서야 케인이 다가와서 물었다.

"대체 그 끔찍한 목소리는 뭐였지?"

"연기를 잘해야 오래 사는 법이지. 그보다 여기 재밌게 돌아간다."

"……?"

태현은 케인에게 들은 정보를 말했다.

"도시 안에서 PK를 해도 된다고?"

"그래. 덕분에 투기장에 눈독 들이고 있는 길드들이 만만하다 싶으면 저렇게 달려들어서 꺾어놓는다고 하더라."

그사이 싸움이 끝났다. 결국 포위당한 플레이어는 회색빛이 되어서 로그아웃을 당했고, 세 플레이어는 투덜거리며 골목에서 걸어 나왔다.

힐끗-

그들은 태현이 아니라 케인을 쳐다보았다. 아직 태현이 준 세트 아이템을 입지 않았지만, 그래도 케인의 겉모습은 충분히 눈에 띄었다.

망토로 가리고 있어도 중갑 때문에 커 보이는 덩치!

길드원들은 멈추더니 케인에게 말을 붙였다.

"야. 너 레벨 몇이냐?"

케인한테 걸린 시비였지만 태현이 웃었다. 태현은 웃으면서 칼에 손을 뻗으려고 했다.

도시에서 PK가 된다니 너무 좋다!

그러나 그들은 아직 죽을 운명이 아니었다.

"됐어. 그냥 가자."

"……?"

"저거 봐."

길드원이 가리킨 건 용용이였다. 강철 강아지처럼 생긴 위장을 하고서 바닥에 서 있는 용용이를 본 길드원은 고개를 저었다.

"고렙은 저런 허접한 펫 안 데리고 다니잖아."

"하긴. 그러네."

-…….

용용이의 침묵에서 강렬한 분노가 느껴졌다. 그러거나 말거나 길드원들은 그냥 지나쳐서 걸어갔다.

"하여간 탱커 놈들은 쪼렙이나 고렙이나 다 덩치가 커가지고 헷갈린단 말이야. 저렙 장비도 커가지고."

"투기장 때문에 이게 무슨 고생이야."

그들이 사라지자 케인이 아쉽다는 듯이 입맛을 다셨다.

"좋은 기회였는데……."

"뭐, 괜찮아. 나중에 기회는 또 올 테니까."

-전혀 괜찮지 않다!

카르릉대며 용용이는 앞발로 바닥을 긁어댔다.

"어디로 가지? 투기장 먼저 가서 구경이나 할까?"

"아니, 굳이 그럴 필요는 없지."

태현은 툭툭 털더니 앞으로 걸어가기 시작했다. 케인은 태현이 어디로 가나 싶어 고개를 갸웃거렸다.

"어디 가는데? 갈 곳이 있어?"

"내가 누구냐?"

태현의 질문에 케인은 순간 멈칫했다. '개××'라고 바로 나오지 않은 것은 케인이 성장했기 때문이었다. 그동안 배운 것은 끝없는 인내심과 생각 없이 말을 내뱉지 않는 침착함!

"……김, 김태현이지."

"흠…… 케인. 가끔 느끼는 건데……."

"……?"

"넌 네 머리를 투구 장식으로만 쓰는 거 같다."

"……."

케인은 순간 울컥했다. 물론 그가 태현에 비해서 머리가 나쁘기는 했다. 특히 사악한 일에서는 더더욱!

나름 사악하게 살아왔다고 자부한 케인이었지만 태현 앞에서는 겸손해질 수밖에 없었다.

-아, 내가 해온 건 정말 아무것도 아니었구나!

"내가 내 이름 몰라서 물었겠냐?"

"그…… 그러네."

"기껏 얻은 백작 자리, 이럴 때 써먹어야지."

태현의 말에 케인은 고개를 끄덕였다. 확실히 작위는 이럴 때 좋았다. 다른 플레이어들이 투기장 경기장 밖에서 치고받고 하는 동안 태현은 작위를 업고서 이 도시의 주인인 총독과 만날 수 있는 것이다. 일종의 지름길이자 치트!

"가자."

"오오, 역시 태현 님! 저는 언제나 믿고 있었습니다!"

옆에서 에드안이 손바닥을 비비며 아부를 했다. 루포는 그 옆에서 한심하다는 듯이 고개를 저었다.

그러나 아발랍 시는 생각보다 만만하지 않았다.

CHAPTER 4

"뭐? 백작? 아탈리 왕국 백작이면 아탈리 왕국에 가야지 왜 여기 와서 난리야?"

"……."

대굴욕! 총독의 건물 앞의 호위병은 태현이 가진 백작의 증거를 보여주자 거만하게 외쳤다.

태현은 일단 주변부터 확인했다. 주변에 아무도 없으면 이 호위병은 죽은 목숨! 그러나 총독이 머무르는 건물답게 건물은 크고 위풍당당했으며 당연히 병사들도 많았다.

"태현 님, 참으십시오!"

루포는 태현의 손을 잡았다. 태현의 손가락이 꿈틀거리는 게 매우 불길했던 것!

"하하. 걱정 안 해도 괜찮은데. 나 조금도 화 안 났어."

"……매우 화나신 거 같습니다."

루포는 태현의 능력을 아주 잘 알고 있었다. 특히 기계공학은 싫어하는 놈한테 폭탄 몇 개 던지고 도망치기 매우 좋은 스킬! 품격 있는 아키서스의 화신이 에스파 왕국의 범죄자로 찍힐 수는 없었다.

태현은 분노를 조절하고 호위병에게 다시 말을 걸었다.

"총독에게 할 말이 있어서 왔는데 이런 식으로 나오다니. 좋아. 나중에 총독을 만나면 오늘 일을 꼭 전하도록 하겠다."

"?!"

호위병도 놀라고, 태현 일행의 다른 사람도 놀랐다.

"태현 님. 여기 총독과 아는 사이셨습니까?"

"물론 아니지."

"……."

침도 안 바르고 바로 말을 하는 태현!

루포는 어이가 없어서 입을 다물었다.

[중급 화술로 거짓말에 보너스를 받습니다.]

[백작 작위를 갖고 있습니다. 거짓말에 추가 보너스를 받습니다.]

[사기 스킬이 오릅니다.]

[사기 스킬의 레벨이 오릅니다. 초급 사기 스킬이 중급 사기 스

킬로 변합니다.]

드디어 중급에 도달한 사기 스킬!

중급 화술 스킬에, 중급 사기 스킬. 거기에 백작 작위까지 있는 태현의 말은 생각보다 신빙성이 있었다.

"으윽…… 죄송합니다. 명령을 받은 게 있어서……."

결국 굴복한 호위병!

"죄송하면 병사 생활 끝나냐?"

"그, 다른 모험가들이 워낙 많이 찾아와서…… 총독님께서 아무도 들이지 말라고……."

"명령받았다고 하면 병사 생활 끝나냐?"

"……."

뒤끝 작렬!

그때 루포가 옆에서 속삭였다.

"이쯤 하시죠. 오래 있어서 좋을 게 없을 것 같은데."

"그래. 그러자고."

태현은 호위병을 밀치고 위풍당당하게 안으로 들어갔다. 주변에 지나가던 모험가들은 그걸 보고 고개를 갸웃거렸다.

"방금 누가 총독 관저 안으로 들어가지 않았어?"

"무슨 헛소리야. 거기 못 들어가는 거 알면서."

투기장 관련으로 어떻게든 이득을 보려고 총독과 접촉해서 친밀도나 공적치 포인트를 올리려는 사람들이 꽤 있었다.

그것 덕분에 총독은 모험가들의 접근을 차단한 상태!

"아탈리 왕국의 백작이라고? 아탈리 왕국의 백작이 왜 여기까지 온 거지?"

"그 소리 이미 들었는데."

총독은 태현을 보더니 얼굴을 찌푸리고 말했다.

"밖에 있는 놈들이 일을 제대로 안 하는군. 아무도 들여보내지 말라고 했는데. 어떻게 들어온 거지?"

"내가 백작이라고 하니까 병사들이 다들 감동해서 눈물을 흘리면서 길을 비켜주던데."

"뭐? 그런 말도 안 되는……."

총독은 믿기 힘들다는 표정을 지었다.

"어쨌든 백작. 그대의 권위를 존중하지 않는 건 아니지만 여기는 에스파 왕국이고 나는 그대에게 어떤 것도 해줘야 할 의무가 없다는 걸 알아줬으면 하는군."

칼 같은 태도. 총독은 V자 콧수염을 매만지며 그렇게 말했다. 그러나 태현은 굴하지 않았다. 판타지 온라인 1 때부터 수없이 많은 NPC들을 상대한 태현이었다. 까다로운 NPC 때문에 포기할 생각은 조금도 없었다.

"하하. 왜 이러나. 나라는 달라도 우리는 다 같은 푸른 피를 가진 귀족 아니겠어? 저 밖에서 돌아다니는 미천한 모험가와는 신분부터가 다르지!"

"흐음. 맞는 말이긴 해……."

[대화에 성공합니다. 총독의 친밀도가 올라갑니다.]

화술과 친밀도 관련 버프를 잔뜩 업고 있는 태현에게 있어서 이 정도는 손쉬운 일!

그때 문밖에서 통통거리는 소리가 들렸다.

"……?"

"뭐야?"

총독이 짜증을 내자 부하가 급히 문을 열었다. 그러자 밖에는 케인이 민망한 표정으로 용용이를 껴안고 있었다.

"이, 이게 어떻게 된 거냐면……."

"주인이 이야기하는데 가만히 있지도 못하나? 이래서 모험가들이란……."

총독이 혀를 차며 말하자 태현도 거기에 호응했다.

"맞아. 이 멍청한 케인 놈! 불쌍해서 데리고 다녔더니 아주 사고란 사고는 다 치고 다니는구나!"

울컥!

케인은 억울함이 사무쳤다. 그가 문을 두드린 것이 아니었던 것이다. 루포, 에드안과 같이 옆 방에서 기다리고 있었는데, 갑자기 용용이가 나가더니 문을 두드리기 시작한 것이다.

이대로 내버려 뒀다가는 문제가 생길 거 같아서 급히 달려가 붙잡았는데…….

'저 총독 놈보다 김태현 저놈이 더 얄미워!'

때리는 시어머니보다 말리는 시누이가 더 미운 법. 케인은 속으로 이를 갈았다.

그러거나 말거나 태현과 총독은 화기애애하게 대화를 나누고 있었다. 지금의 행동 덕분에 추가로 올라간 친밀도!

"그대도 힘들겠군. 밑의 놈들이란 게으르고 천하기 짝이 없어서 내가 채찍질을 하지 않으면 제대로 일을 하지도 못하지. 관리하는 게 보통 고된 게 아니라니까."

"알지. 알아. 나도 밑의 놈들 관리하느라 얼마나 고생을 하는지…… 저기 있는 저놈은 내가 안 거뒀으면 사람 구실도 못했을 거야."

'네가 언제 거둬줬냐 이 자식아!'

대화를 나누는 사이, 케인한테 안긴 용용이가 태현한테 텔레파시를 보냈다.

-주인이여. 주인이여.

-왜 그래. 지금 친목질하느라 바쁜데.

-저놈에게서 안 좋은 기운이 느껴진다.

-뭐? 케인에게서? 역시 케인 저놈은 믿으면 안 됐어. 지금 당장 처리할까?

-……케인 말고 저 총독 말이다.

이제 용용이한테서도 동정을 사는 케인!

그러나 용용이가 지목한 건 총독이었다.

-사악한 기운이 느껴진다.

-흠. 원래 귀족한테서는 좀 사악한 기운이 느껴지는 법이지. 총독이 저렇게 보여도 의외로 나하고 잘 맞을 수도…….

-주인이여!

-농담이야.

-그런 사악한 기운을 말하는 게 아니다! 저놈은 악마의 기운을 갖고 있다!

"……!"

태현은 아발랍 총독과 웃으면서 대화를 하다가 멈칫했다.

악마의 기운이라고?

-악마의 기운을 갖고 있다는 게 무슨 소리야?

-악마의 기운이 느껴질 정도라면, 악마 소환술을 아주 강력하게 다루는 마법사거나…… 변신한 악마일 가능성이 있다. 나는 놈이 변신한 악마 같다!

언제나 잊기 쉬운 사실이었지만, 용용이는 신수였다. 비록 지금 강아지처럼 위장하고서 땅 위를 걸어 다니고 있기는 했지만 신수로서의 능력이 어디로 사라지지는 않았다. 그런 만큼 부정하고 타락한 것에 대해서는 예민하게 반응했다.

-총독이 변신한 악마라고? 에이. 물론 총독이 도시 안에서 하라는 통치는 안 하고 투기장을 크게 키우고 사람들을 모은 다음 안에서 모험가들끼리 서로 죽여도 아무런 간섭을 안 하기는 했지만…….

-…….

-생각해 보니 악마 같군.

왜 이제야 알아차렸는지 모를 정도! 약간 미친 것 같은 총독의 행동도 악마가 변신한 것이라면 이해가 갔다.

'악마가 여기서 뭐 하는 거지?'

딱 봐도 퀘스트가 뜰 것 같은 정보였지만, 태현은 선불리 행동하지 않았다.

가장 먼저 챙겨야 하는 건 역시 아키서스의 권능! 그게 어디 있는지부터 확인하고 싸워도 늦지 않았다.

게다가 상대가 얼마나 강한지 모르는 상황이었다. 악마라면 분명 약하지는 않을 테니까.

'게다가 여기는 놈의 소굴이고…….'

총독이 악마라고 해봤자 믿어주지도 않을 테니 부하들에게 명령을 내리면 태현은 꼼짝없이 당해야 했다.

이럴 때 필요한 건? 표정 관리!

태현은 더욱더 친밀한 태도로 총독의 손을 붙잡았다. 악마든 뭐든 친해지면 그만 아닌가!

-생각해 보니까 지금 사이좋은데 이렇게 친해진 다음에 권능 담긴 물건만 찾아서 나가면 안 되나?

-주인이여! 그게 화신으로서 할 소리인가!

-아니, 나도 사람이야 사람! 매번 내가 대륙의 위기를 구해야 해? 악마도 먹고살아야 하는데 서로 방해 안 되면 그냥 내버려 둬도 되지 않겠어?

태현은 마르덴 후작 퀘스트 이후로 살짝 부드러워진 상태였다. 몬스터도 많이 괴롭히고 또 괴롭히면 발끈한다는 걸 깨달은 것이다. 싸우는 건 권능을 찾고 나서도 늦지 않았다.

-주인이여. 악마라면 위험하다. 권능이 가진 아이템을 저 악마가 갖고 있다면 더더욱 위험하다.

-구체적으로 어떻게 위험한데?

-악마가 신의 힘이 담긴 물건을 좋아할 리 없지 않은가. 파괴해도 이상하지 않다.

-……그런데도 신탁이 여기로 나온 이유는…….

태현의 머리가 빠르게 돌아갔다.

-놈도 아키서스의 권능이 담긴 아이템이 있는지는 모르나

본데?

-그럴 수도 있…… 그런데 주인이여.

-왜 그러냐.

-주인은 여기에 아키서스의 권능이 담긴 아이템이 있다는 걸 어떻게 아는 것인가?

-신의 힘으로 봤다.

-그러면 됐다. 확실하게 권능이 있는지가 궁금했다.

-……에이, 설마 신이 나한테 사기를 치겠……어?

갑자기 태현의 목소리가 약해졌다. 생각해 보니 화신인 그도 사기 많이 치고 다녔는데…….

-잠깐. 이놈은 악마 주제에 내가 신성력을 갖고 있는 걸 모르나?

-주인이 쓰고 있는 가면이 주인의 능력을 가려주고 있는 것 같다.

-마르덴 후작은 정말 훌륭한 뱀파이어였어. 뱀파이어의 귀감이라고 해도 모자랄 거 같은데.

마르덴 후작의 아이템 덕분에 태현은 그도 모르는 사이에 위기를 넘길 수 있었다. 그렇지 않았다면 신성력을 느낀 총독이 바로 여기서 공격을 해도 이상하지 않았을 상황!

〈정의를 위하여-악마를 퇴치하라〉

아발랍 시의 총독이 악마라는 사실은 아무도 믿지 않을 것이다. 그러나 아키서스의 화신인 당신은 그 두 눈으로 총독이 악마라는 사실을 확인했다.

악마가 아발랍 시에서 무슨 일을 하고 있는지는 알 수 없지만, 그 결과가 좋을 리는 없을 것이다.

대륙을 위하여, 정의를 위하여 악마의 정체를 밝혀내고 그를 처치하라.

보상: ?

'미쳤니?'

태현은 눈앞에 뜬 퀘스트창을 무시했다. 지금 중요한 건 권능이 담긴 아이템이지 정의와 대륙이 아니었다. 까놓고 말해서 권능을 얻고 나갈 수만 있다면 이 악마가 아발랍 시를 불태워도 별로 상관하지 않을 수 있었다!

-모험가들끼리 서로 죽이게 하는 것만 빼면 나름 잘 통치하는 총독이잖아. 악마라고 선입견을 가지지 말자고.

-주인이여, 그게 사악한 게 아니면 뭐가 사악한 것이란 말인가!

-시끄러. 총독하고 협상해야 하니까 조용히 하고 있어.

태현은 용용이의 입을 다물게 하고 다시 총독에게 시선을 돌렸다.

"총독, 내가 여기 온 이유는 말이야……."

태현은 총독의 눈치를 보고 슬슬 말을 꺼냈다.

'능력 없는 부하들'에 대한 뒷담으로 총독과 나름 친해진 상태였다. 원래 사람은 같은 것을 좋아할 때보다 같은 것을 싫어할 때 더 빨리 친해지기 마련!

거기에 화술 보너스와 작위 보너스까지 들어가니 다른 플레이어들은 몇 달을 시도해도 뚫지 못했던 친목의 문을 뚫을 수 있었다.

"이 투기장에서 아주 큰 이벤트가 열린다고 들었는데?"

"그렇지."

"나도 거기에 참가하려고 왔지."

"백작이나 되어서 말인가? 그대도 참 체면이란 게 없군."

"백작이면 뭐 어때? 돈과 권력은 많을수록 좋은데."

"돈이야 그렇다 쳐도 이 도시의 권력이 필요한가? 그대 영지로 가면 그대가 왕이나 다름없을 텐데."

"……."

무심코 아픈 곳을 찔린 태현이었다. 영지도 있고 작위도 있지만…… 정작 그 영지에는 아무것도 없었다.

"하, 하하…… 뭐 어쨌든. 거기 보상에 흥미가 있어서. 보상이 그렇게 좋다면서?"

"미안하지만 나는 총독으로서 일을 공정하게 처리해야 하지. 부정한 부탁은 들어줄 수 없어."

'악마 주제에 뭔…….'

상대의 정체를 알고 있는 태현에게 총독의 말은 웃기는 소리일 뿐이었다.

'꼭 투기장을 진행시켜야 하는 이유가 있는 모양인데…… 에이, 됐다. 나는 아이템만 받아서 가면 되지.'

태현은 웃는 얼굴을 풀지 않고 계속 총독을 설득했다.

"아니, 부정한 부탁을 하려는 게 아니라 오히려 반대야."

"……?"

"밖의 야만적이고 저능하고…… 하여튼 기타 안 좋은 건 다 달고 있는 모험가들이 투기장에서 유리한 위치를 잡으려고 뒤에서 서로 싸우고 있잖아."

총독은 고개를 끄덕였다. 그가 그것을 모를 리 없었다.

"그러다 보니까 투기장 인원을 정할 때도 뭔가 비열하고 더러운 짓을 하지 않을까 걱정인 거지."

투기장 안에 들어가서 부정한 방법은 쓰지 못하더라도, 참가하는 인원을 정할 때 수작을 부릴 수는 있을 것이다. 같은 길드 여럿이서 동시에 신청을 해서 대놓고 같이 편을 먹거나, 견제해야 할 상대가 신청하는 시간대에 맞춰서 동시에 신청하거나…….

여럿이서 짜고 치면 혼자서는 그걸 막기 힘들었다.

혼자서 그런 걸 막으려면? 역시 권력이 답!

"으음…… 그래. 더러운 모험가들하고 그대 같은 귀족을 같은 취급을 하는 것도 올바르진 않겠지. 뭘 원하나?"

"뭐…… 부정한 부탁을 바라는 건 아니고, 다른 놈들도 다 같이 싸울 텐데, 최대한 떨어뜨려 달라는 거하고, 그래도 꽤 많이 붙어 있을 테니 내 부하하고 나는 같은 경기장에 넣어달라는 것 정도?"

"그 정도는 충분히 해줄 수 있지."

총독은 흔쾌히 고개를 끄덕였다.

태현은 속으로 안도의 한숨을 내쉬었다. 이걸로 투기장에서 예상치 못한 일로 실력 발휘를 못 할 일은 사라진 셈!

-주인이여, 이건 심각하게 받아들여야 한다. 악마가 총독 자리에 앉아 있다니! 내버려 두면 에스파 왕국 자체가 위험에 빠질…….

총독 관저 밖으로 나가며 용용이는 쉴 새 없이 재잘댔다.

'그러고 보니 얘는 뱀파이어도 싫어했었지.'

신수 출신이다 보니 타락한 존재들에게는 기본적으로 예민하게 반응!

"어? 거기, 너!"

"……?"

누군가 멀쩡하게 길을 걷고 있는 케인을 불렀다. 케인과 태현은 지금 같이 걷고 있지 않았다. 혹시 몰라서 움직일 때도 다들 조금씩 떨어져서 움직였던 것이다.

그렇기에 플레이어 눈에는 가장 늦게 총독 관저에서 나온 케인이 혼자서 총독 관저에서 나온 것으로 보였다.

"너 방금 총독 건물에서 나오지 않았냐?"

"그랬다면 어쩔 건데?"

케인은 심드렁하고 짜증이 섞인 목소리로 물었다. 안 그래도 저 건물 안에서 태현 덕분에 스트레스를 받을 만큼 받은 상황.

'어디 한 번 만만한 놈 걸리기만 해봐라!'

얼핏 들으면 쪼잔하게 보였지만 케인은 진지했다.

"어떻게 총독 건물에 들어간 거지?"

"말 잘해서 들어갔다. 왜. 꼽냐?"

"뭐? 이 자식이…… 너 내가 누군지 몰라?"

"그러는 넌 내가 누군지 모르냐?"

"네가 누군데?"

"나는 ㅋ……."

"ㅋ?"

"……크……게 될 사람이지…… 언젠가."

케인이라고 말하려다가 케인은 꾹 참았다.

여기서 말했다가는 태현한테 뒷감당이 안 될 테니까! 물론 상대 플레이어는 케인을 머저리 보듯이 쳐다보았다.

"뭐 이런 놈이 다 있어? 너 잠깐 따라와라."

"네가 누군데 따라오래?"

"너 이 길드 마크 몰라? 너 여기 새로 왔냐? 우리가 여기서 얼마나 잘 나가는데……."

플레이어는 갑옷에 새긴 길드 마크를 자랑했다.

"뭔 길드인데?"

"<성기사 이즈 킹>길드다."

"뭐? <성기사이즈킹>길드?"

"띄어쓰기 이상하게 하지 마, 이 자식아! 제대로 하라고!"

"이름을 이상하게 지은 너희들 잘못이지! 그리고 그 음란한 길드 이름은 뭔데! 그런 길드는 들어본 적도 없다!"

"이, 이 자식이…… 감히 우리 길드를 이름으로 놀려?"

상대 플레이어는 케인 때문에 화가 났는지 얼굴을 붉혔다.

그 순간 태현이 귓속말을 보냈다.

-야. 얌전히 따라가라.

-?

-재가 끌고 간다고 했잖아. 얌전히 따라가라고.

-아니, 왜? 이길 수 있어!

-나도 알아 이 자식아. 지금 대로라서 보는 눈이 있잖아. 따라가다가 안 보이는 곳에서 패라고.

-…….

태현의 말 한 마디 한 마디에서는 수많은 경험을 겪은 노련한 PK 플레이어의 냄새가 풍겼다.

'대체 저 자식은 예전에 뭐 하고 다녔던 걸까?'

케인은 태현의 귓속말을 듣고 고개를 끄덕였다.

"알겠어. 따라가면 되잖아. <성기사이즈킹> 놈아."

"이, 이 자식……."

상대 플레이어는 화가 난 것 같았지만 일단 케인이 항복하고 따라가자 끌고 가기 시작했다.

"근데 왜 끌고 가는 거냐?"

"다른 길드원들 앞에서 어떻게 총독 건물 들어갔는지 말해. 내가 데려왔다는 것도 꼭 말하고."

"길드 안에서 대접이 별로인가 보다?"

"……들어온 지 얼마 안 되어서 그래!"

케인은 한숨을 푹푹 내쉬며 말했다.

"언제까지 이래야 하냐?"

"뭐?"

"너한테 한 소리 아니야. 이 자식아."

플레이어는 당황해서 주변을 둘러보았다. 그 순간 옆에서 은신을 풀고 나타나서 골목으로 끌고 들어가는 태현!

"억!"

"귓속말 보내지 마라. 보내는 순간 널 죽일 거거든. 자. 당황스럽겠지. 그렇지만 침착하게 설명을 들어봐. 나랑 이 친구는 둘 다 랭커야. 이번 투기장 이벤트가 그렇게 좋다고 해서 찾아왔지. 그런데 너희 같은 길드 놈들이 우리 같은 개인 플레이어를 견제하려고 하는 거야. 이러면 되겠어, 안 되겠어?"

"……안, 안 되지 않을까요?"

"그렇지? 그래서 우리도 좀 대응을 하려고 그래. 그런데 내가 왜 너한테 귓속말을 하지 말라고 했느냐. 그걸 설명해 주지. 아까 내가 널 죽인다고 했잖아? 그리고 우리 둘이 랭커라고 했고. 네가 죽고 나서 사흘 후에 부활하고 나면 또 찾아서 죽일 거야. 그리고 부활하면 또 찾아서 죽일 거고. 너희 길드 수준이 어느 정도 되는지는 모르겠지만 〈성기사이즈킹〉이란 이름 달고 다니는 거 보면 수준 나오지. 우리 둘이 마음먹고 쫓아다니면 너희 길드가 막아줄 수 있겠냐? 랭커 둘이 눈에 불 켜고 덤벼드는데? 내가 장담하는데 그놈들은 그냥 너를 버릴 거야. 네가 길드에서 뭣도 아닌데 뭐하러 그렇게 고생을 하겠냐."

떡 벌어지는 상대 플레이어의 입. 한시도 쉬지 않고 술술 나오는 태현의 협박에 제대로 겁을 먹은 것이다. 옆에서 듣고 있던 케인은 감탄했다.

'아, 이제까지 내가 했던 PK와 협박은 잘못되었던 거구나!

진짜 협박은 이렇게 하는 거구나!'

케인은 스스로가 했던 나쁜 짓이 얼마나 수준이 낮았는지 태현을 보고 깨달았다.

진정한 협박의 정수! 상대방이 겁을 먹을 만한 걸 아주 정확하게 알고 있었다.

"너 레벨 몇이냐? 아이템 보니까 한 70도 안 된 거 같은데. 우리한테 찍혀서 레벨 50 밑까지 떨어져 볼래, 아니면 그냥 순순히 질문 몇 개만 대답해 줄래."

"대답해 드리겠습니다!"

"아주 좋아."

거만했던 플레이어는 순식간에 순순한 양이 되어 있었다.

'협박은 이렇게 하는 거지.'

태현은 게임 내에서의 협박을 어떻게 하는지 아주 잘 알고 있었다. 상대방에게 고민할 시간을 주면 안 됐다. 그러면 실패했다. 지금도 상대방은 잔뜩 겁을 먹고 몰래 귓속말을 보낸다는 선택지는 생각도 못 하고 계속 휘둘리고 있었다.

<성기사이즈킹>, <크라잉 해머>, <쑤닝>, <레스토랑>, <파워 워리어>……. 여러 길드가 아발랍 시의 투기장 이벤트를 노리

고 있었다. 대형 길드까지는 아니더라도 다들 한가락 할 자신이 있는 길드들!

그렇지만 모두가 〈성기사이즈킹〉처럼 적극적인 PK를 하는 건 아니었다. 그냥 투기장에서 이기겠다는 생각으로 전략을 짜는 길드들도 있었다. 그런 길드들 같은 경우는 〈성기사이즈킹〉 같은 길드들의 공격을 막는 것에만 신경을 썼다.

"잠깐. 파워 워리어? 어디서 들어봤는데."

"그놈들이잖아."

"……?"

"이 광고 몰라?"

-♜♜최강 길드 〈파워 워리어〉♜♜가입 시$$ 전원 10 골드☜☜ 잘 만들어진 롱소드 100%증정※♚ 최강 길드 〈파워 워리어〉 ♚ 펫 증정¥

악질 광고의 달인!

"!!"

태현과 케인의 대화를 듣던 플레이어가 조심스럽게 입을 열었다.

"길마님이 〈파워 워리어〉 길마 재수 없다고…… 만나면 바로 알리라고 했거든요……."

"하긴, 재수 없긴 하지."

뭔가 불쾌하고 짜증 나는 광고 방법!

태현이 반응에 신경 쓰는 사람은 아니지만, 자기 방송에서 저런 식으로 광고하는 사람을 곱게 봐줄 생각은 없었다.

'투기장에서 만났으면 좋겠는데.'

"그…… 그러면 저는 가봐도 될까요?"

태현한테 아발랍 시에서 움직이는 길드들과 그 길드들이 어떻게 행동하는지 알고 있는 걸 다 토해놓은 플레이어는 간절한 목소리로 물었다.

"그래. 그리고 네가 말한 거 다 영상으로 찍었거든? 만약에 투기장 시작 전에 견제 들어오면 네가 불었다고 생각하고 이 영상 풀 거야. 너희 길드에서 좋아하겠지."

"……!"

태현은 상대가 길드 안에서 별로 좋은 위치가 아니라는 걸 바로 눈치챈 상태였다. 그렇다면 이용할 뿐!

"안 말해요! 안 말할 거예요!"

"그래. 열심히 입을 다물고 가라!"

<성기사이즈킹> 길드의 플레이어는 허겁지겁 달려서 도망갔다.

그 뒷모습을 보며 태현은 중얼거렸다.

"성기사라…… 단단하고 끈질겨서 투기장에서는 별로 상대하고 싶지 않은 직업인데."

"너 투기장 했었냐? 언제?"

케인은 별생각 없이 물었지만 태현은 아차 싶었다. 판타지 온라인 1때 이야기를 하는 건 별로 좋지 않았다.

"레벨 낮을 때 했지. 저렙용."

"너라면 아주 날렸겠네. 근데 성기사들 많은 길드면 좀 귀찮을 거 같은데. 게다가 아발랍 시 투기장은 난전이잖아."

"뭐…… 그렇긴 한데 못 죽이는 건 아니니까……."

태현은 턱을 긁적이며 생각에 잠겼다. 성기사가 단단하고 끈질긴 생명력을 갖고 있지만 약점이 없는 건 아니었다.

"일단 투기장 시작할 때까지는 얌전히 있자. 괜히 눈에 띄어서 좋을 거 없으니까."

"오케이."

태현은 남은 시간 동안 아이템이나 좀 만들 생각이었다. 초보자들한테서 대량으로 구매한 기계공학 아이템들을 뜯어서 다시 재활용해야 했다.

"……?"

발걸음을 옮기려던 태현은 순간 눈을 깜박였다. 뭔가 어디서 본 거 같은 얼굴이 지나가고 있었다.

"아저씨?"

아버지 김태산의 절친한 친구이자, 체육관 관장으로 태현의 격투기 솜씨를 갈고닦아 준 사람. 양성규를 매우 닮은 오크가 지나가고 있었다.

흠칫!

태현은 '아저씨'란 말을 들은 오크의 어깨가 흠칫하는 걸 분명히 보았다.

"아저씨라니. 그게 누구죠?"

"성규 아저씨, 이러지 맙시다. 어깨 올라가는 거 봤거든요."

"아니, 모르는 사람이 갑자기 날 아저씨라고 부르니까 당황해서 그렇……."

스르릉!

태현은 망설이지 않고 롱소드를 뽑았다. 양성규는 그걸 보고 질색을 했다.

'아버지나 아들이나 진짜 성격 하나는 똑같다니까!'

말 안 통하면 바로 주먹부터 나가는 성격!

"아직도 저 모르세요?"

"잘 기억이……."

"저 모르면 그냥 여기서 죽일 겁니다."

태현의 목소리는 매우 진심이었다. 양성규가 못 알아들을 리 없었다.

"하하. 태현아! 오랜만에 보는 바람에 못 알아봤구나, 이 녀석!"

"하하, 아저씨!"

얼핏 보면 감동적인 만남!

"태현아, 형님과 너하고 싸운다고 해서 꼭 우리가 싸울 필요는 없잖아. 그렇지 않니?"

"물론이죠. 아저씨."

서로 눈빛으로 마음을 읽어내려고 시도하는 둘!

먼저 공격한 건 칼자루를 쥔 태현이었다.

"그래서 아버지는 어디 계십니까?"

"흠흠. 형님은……."

양성규도 꽤나 능글맞은 성격이었다. 김태산과 같이 놀 때 하는 행동들을 보면 알 수 있었다. 다른 사람들 들을 수 있게 크게 형님, 형님 거리는 것도 다 일부러 한 것!

태현도 그걸 알고 있었기에 양성규를 상대할 때에는 방심하지 않았다. 아버지 김태산보다 더 상대하기 까다로운 게 양성규였다.

"……나도 잘 모르는데."

"아저씨. 오며 가며 봅시다. 일단 사흘 후에."

"잠깐, 잠깐! 어허, 태현아! 이러면 안 돼!"

태현이 바로 롱소드부터 꺼내 들자 양성규는 급히 손을 흔들었다.

"형님은 지금 퀘스트 깨느라 바쁘시다고."

"물어보면 될 텐데요."

"내가 물어보면 혹시 눈치 채실 수 있잖아. 그렇지 않냐?"

"그럴 거 같진 않지만…… 뭐. 알겠습니다."

"태현아, 난 중립이야! 무슨 말인지 알지?"

'중립은 무슨…….'

태현은 속으로 그렇게 생각했다. 양성규가 저렇게 능글맞아 보여도 김태산에 대한 우정은 진짜였다. 선택의 순간이 오면 바로 김태산 편을 들 것이 확실한 게 바로 양성규!

그러나 굳이 지금 벌써 싸울 필요는 없었다.

'투기장 앞두고 괜히 일을 만들 필요는 없으니까.'

"하하. 믿어요. 아저씨. 우리가 보낸 시간이 얼마인데."

"하하, 그렇지? 체육관에 더 자주 놀러 오렴. 요즘 새로 온 친구도 있고 해서 재밌을 거야."

"저 스파링 금지시키셨잖아요. 애들 자신감 사라진다고."

"아. 상철이는 괜찮아."

"오. 그렇게 실력이 괜찮아요?"

태현의 눈빛이 반짝였다. 양성규가 저렇게 말할 정도라면 실력이 얼마나 대단하다는 것일까?

"아니, 걔는 좀 크게 얻어맞아야 정신을 차릴 거 같아서 말이야. 또래 애들 사이에서 잘 나가니까 콧대가 높아졌어."

"아저씨 참…… 인성이……."

"네가 할 소리는 아니거든? 나도 방송 봤다 이 녀석아. 방송사한테 얼마 준 거냐?"

"돈은 제가 받고 있습니다."

"넌 돈 필요 없잖아. 그 돈 편집자한테 준 거 아니냐?"

"아니라니까요. 그래서 아저씨는 여기 왜 오신 겁니까?"

"나야 투기장 때문에 왔지."

"아저씨도?"

"이 주변에서 사냥하는 것보다 일단 이 투기장에서 순위권 안에만 들어도 짭짤할 거 같아서 말이야."

"현질로 사시죠?"

"여기서 나오는 아이템들은 현금으로 사기 힘들 거 같아."

"하긴……."

얻으려고 목숨 거는 길드들 보면 순위권 보상은 안 팔 가능성이 높았다.

"너도 투기장 할 생각이냐?"

"물론이죠."

"오, 그러면 우리 둘이 같은 경기장으로 들어가면 협력하는 거다. 다들 짜고 친다고 해서 걱정이 되던 참이었는데."

"뭐 그러죠."

둘의 대화를 듣던 케인은 하품을 하며 생각했다. 이러니저러니 해도 꽤 사이가 좋아 보였다.

그러나 둘의 속마음은 전혀 달랐다.

'다른 놈들 다 해치우고 나면 나중에 뒤통수를 쳐야지.'

'아저씨부터 죽여야겠군.'

피도 눈물도 없는 건 태현이 한 수 위였다.

이 주변에 다른 길드원들은 없고, 김태산이 오크 길드원들을 데리고 오크 직업을 갖고 오크 퀘스트를 깨고 있다는 정보를 얻은 태현은 양성규와 갈라졌다.

'오크라…… 어울리긴 하시는데.'

태현은 김태산을 어떻게 잡을지 고민하기 시작했다. 들어보니 분명 직업도 좋은 걸 고르고, 다른 길드원들의 도움을 받아서 차근차근 왕도를 걷는 것 같았다.

거기에다가 현질도 팍팍 하고 있을 테니…….

'차라리 아발랍 시로 지금 덤벼오는 게 나으려나? 시간을 더 주면 더 강해질 거 같기도 한데…… 에이. 참자. 투기장 해야 하니까.'

양성규가 김태산에게 태현의 위치를 불면 김태산은 당연히 신이 나서 달려올 것이다. 김태산은 태현을 상대할 때 특히 충동적으로 변했으니까. 그렇지만 지금은 참아야 할 때!

"휴우…… 태현이 저놈. 진짜 무서운 놈이라니까."

양성규는 중얼거리며 걸어갔다. 김태산에게 태현의 위치를 말할 생각은 없었다. 지금 말하면 김태산이 바로 길드원들을 모아서 달려갈 테니까.

'지금 상대하는 건 무모해. 조금 더 기다려야 해.'

양성규는 태현이를 봤다는 사실을 마음속에 묻어두기로 마음먹었다. 일단은 투기장!

-준비됐냐?

-어.

-좋아. 내가 준 세트 아이템 입고, 나하고 아는 척하지 마라.

-……알겠다고 이 자식아!

드디어 아발랍 시 투기장이 열리는 날이 찾아왔다. 그 사이 태현은 이것저것 만들며 시간을 보냈다. 투기장 경기장 앞에는 수많은 플레이어로 북적댔다.

"투기장 참가하기 전에 아이템에 최저가로 버프 걸어드립니다! 30분도 안 걸려서 끝나요!"

"축복 마법 팝니다! 돈 받고 걸어드려요! 투기장 참가하려면 필수!"

기회를 노리는 제작 직업들의 홍보. 싸우기 직전 버프를 받기 위해서 플레이어들이 우글거렸다. 그러다 보니 여기서도 경쟁이 생겼다.

“내가 줄 먼저 섰어!”

“웃기시네. 아까 왔잖아!”

“내 친구가 자리 맡아 놨거든?”

“자리는 무슨 자리! 늦게 왔으면 뒤로 와서 서!”

여기서 제작 직업이 을일 것 같았지만, 실제로는 갑이었다. 이유는 간단했다. 제작 직업 플레이어가 많이 모였어도 그중에서 실력이 뛰어난 사람은 소수였던 것.

다른 사냥이면 모를까, 투기장처럼 플레이어들과 싸우는 곳에서는 가능한 최고의 버프를 받아야 했다. 당연히 실력이 뛰어난 플레이어한테 사람들이 모였다. 그러다 보니 줄이 길어지고 온갖 소란이 벌어졌다.

“야, 저기 요리 먹어봤냐? 다른 요리사들하고 차원이 달라. 이건 비밀인데 우리 길드보다 더 잘하는 거 같아.”

“진짜?”

“그렇다니까. 갈 거면 지금 가서 빨리 줄 서라. 벌써 아는 사람들 모이기 시작했거든. 버프가 거의 1.5배 정도는 나오는 거 같아.”

“지금 가야겠다!”

‘오호. 누구지?’

옆을 지나가는 플레이어들의 대화를 들은 태현은 호기심이 생겼다. 물론 태현도 나름 괜찮은 요리 스킬에 행운 버프까지 갖고 있었지만, 그래도 전문 요리사 플레이어에 비한다면 부족한 점이 많았다. 다른 뛰어난 플레이어의 실력을 보는 건 언제나 도움이 됐다. 태현은 다른 사람들을 따라 이동했다.

"전사 계열은 이쪽 줄로! 마법사는 저쪽 줄로!"

"요리 많습니다! 안 밀치셔도 투기장 시작하기 전에 다 먹을 수 있어요!"

"1골드로 투기장 시작하기 전에 버프를!"

와글와글-

요리사는 한 명이 아니었다. 열 명 넘는 요리사들이 한 곳에 모여서 장사를 하고 있었다. 그것도 그냥 요리 하나가 아닌, 분야별로 요리를 따로 만들어 줄을 나눠놓았을 정도로 전문적!

'대단한데? 이렇게까지 할 정도인가?'

태현은 고개를 갸웃거리며 요리사들을 쳐다보았다. 어디서 본 것 같은 얼굴들이었다.

'이 도시는 왜 이렇게 본 거 같은 얼굴들이 많…… 아!'

〈레스토랑〉길드! 아탈리 왕궁에서 일어났던 퀘스트에 참가했던 요리사 길드였다. 길드 성격이 분명 친절한 성격은 아니었다. 저번 아탈리 왕궁 퀘스트를 깰 때도 요리 재료들을 닥치는 대로 사모아서 원망을 샀던 길드였다.

'그런데 왜 여기서 장사를 하고 있냐?'

처음에는 돈이 없어서 이러나 싶었는데 그건 말이 안 됐다,

아니, 돈이 없어도 그렇지 〈레스토랑〉 정도 되는 길드가 돈을 벌려면 여기서 이러고 있지는 않을 것이다. 게다가 가격도 돈 벌 가격은 아니었다.

'뭐냐, 진짜?'

그러는 사이 사람들의 차례가 지나고 태현의 차례가 왔다. 줄 끝에 서 있던 레스토랑 길드의 요리사는 사람 좋은 웃음을 지으며 그릇을 건넸다.

"여기 있습니다! 맛있게 드세요!"

거대 어스웜 고기를 사용한 강장 요리:

어스웜 고기는 몸에 좋은 재료다. 그 겉모습 때문에 드는 거부감만 제외한다면 말이다.

뛰어나고 경험 많은 요리사들이 향신료를 사용해 이 요리를 만들었다. 먹는 것만으로도 많은 효과를 얻을 수 있을 것이다.

복용 시 일시적으로 힘, 민첩, 체력 상승.

복용 시 일시적으로 물리 방어력 상승.

복용 시 일시적으로 HP 회복 속도 상승.

확실히 요리의 옵션은 좋았다. 다른 사람들이 여기에서 왜 줄을 서는지 알 수 있었다.

[잘 만들어진 요리를 보았습니다. 요리 스킬이 오릅니다.]

[중급 요리 스킬을 갖고 있습니다. 요리를 꿰뚫어 봅니다.]

[독 제작 스킬을 갖고 있습니다. 보너스를 받습니다.]

'……?'

요리를 꿰뚫어 보는 건 좋은데, 왜 독 제작 스킬에 보너스를 받지?

거대 어스웜 고기를 사용한 강장 요리:

어스웜 고기는 몸에 좋은 재료다. 그 겉모습 때문에 드는 거부감만 제외한다면 말이다.

뛰어나고 경험 많은 요리사들이 향신료를 사용해 이 요리를 만들었다. 먹는 것만으로도 많은 효과를 얻을 수 있을 것이다.

복용 시 일시적으로 힘, 민첩, 체력 상승.

복용 시 일시적으로 물리 방어력 상승.

복용 시 일시적으로 HP 회복 속도 상승.

(추가 옵션) 루가르 독-섭취 시 일정 시간 후 독 발동함.

"?!?!?!"

추가 옵션에 들어가 있는 숨겨진 요소, 독! 레스토랑 길드 요리사들은 독을 넣어서 요리를 팔고 있었다! 그것도 시간이 지나야 발동이 되는 독을.

지금 상황에서 이유는 하나밖에 없었다.

'이 자식들도 투기장 견제를 하고 있는 거였구나!'

어쩐지 싸고 양심적인 가격에 요리를 팔고 있다 싶었다. 태현은 감탄했다.

'이렇게 좋은 방법이 있다니. 나도 꼭 써먹어야지!'

싫어하는 놈들이 있는 곳에 몰래 가서 독 섞은 요리를 마구 팔아대면……. 게다가 어지간한 고렙 플레이어들은 이런 요리를 꿰뚫어 볼 만큼 요리 스킬이 없었다.

대담하면서도 영리한 계획!

태현은 요리를 슬쩍 집어넣고 생각에 잠겼다. 과연 레스토랑 길드는 왜 이런 짓을 하는 걸까? 레스토랑 길드는 요리사들의 길드. 요리사들이 직접 투기장에 나가서 싸우기는 힘들었다. 그런데도 이런 견제를 한다는 건…….

'누구와 손을 잡았구나!'

제작 직업 길드는 그 특성상 다른 길드와 친하게 지낼 때가 많았다. 〈레스토랑〉 길드도 친한 길드 몇 개 정도는 있을 것이다. 상황을 깨달은 태현은 입맛을 다셨다. 〈레스토랑〉 길드가 원하는 대로 하게 내버려 두는 것은 뭔가 아쉬웠다.

그렇다면…….

'역시 깽판이지.'

남이 차려놓은 밥상을 뒤엎는 건 태현 전문!

태현은 가면을 변형시켜 외모를 바꿨다. 어딘가 순박하고 통통한 얼굴로. 그러고는 겉에 두르고 있던 망토는 다 벗어 던지고 장비, 무기도 집어넣었다. 그리고 초보자용 허름한 천 옷을 꺼내 입은 다음 식칼과 국자를 허리에 찼다.

1분도 채 되지 않아서 태현은 순식간에 다른 사람이 되어 있었다. 누군가 봤다면 기가 막혀 할 수준!

누가 봐도 레벨 낮아 보이는 요리사였다.

"좋아. 가볼까."

태현이 의욕적으로 발걸음을 옮기는 동안, 케인은 사람들이 우글거리는 걸 보고 슬깃해서 줄을 섰다.

"여기 요리가 그렇게 맛있어?"

"진짜 맛있고 거기에다가 효과도…… 으헉!"

뒤에서 케인이 말을 걸자 친절하게 대답해 준 플레이어는 깜짝 놀라서 한 걸음 물러섰다.

뭐 이리 수상쩍게 생긴 전신 갑옷이 있냐! 엄청나게 강해 보이는 겉모습이었다.

'고, 고렙 플레이어인가 보다.'

플레이어는 그렇게 생각하며 고개를 끄덕였다.

"그래? 나도 먹어야겠다."

케인은 얌전하게 줄을 섰다. 예전과 비교한다면 매우 달라진 모습이었다. 예전이라면 사람들을 밀치고 섰을 것이다.

'이번 투기장에서는 나도 뭔가를 좀 보여줘야지.'

언제까지 태현한테 시달리면서 살 수는 없었다. 언젠가는 벗어나야 했다. 이렇게 눈에 띄는 장비를 입기는 했지만, 역으로 이용할 수 있었다. 좋은 성적을 내는 것이다.

'김태현 그놈이 성격은 개 같아도 따라다니면 얻는 건 많으니까…….'

다시 레벨을 회복하고 랭커 경쟁에 진입하면 언젠가 탈출도 가능!

케인을 싫어하는 놈이 많다지만 그건 레드존 전성기 때도 그랬다. 결국 본인의 힘이 가장 중요했다. 힘만 있으면 싫어하는 놈이 얼마나 있던 상대 가능!

"음음. 맛있네!"

케인은 그렇게 말하며 〈레스토랑〉 길드의 요리를 우걱우걱 먹었다. 묘한 감칠맛과 정체를 알 수 없는 뒷맛이 중독성 있었다.

"아, 진짜. 오늘 장사 좀 하려는데 너무한 거 아냐?"

"재료 다 떨어지면 우리한테도 사람들 오지 않을까?"

"야. 가서 봐라. 재료를 산더미처럼 쌓아놨어. 요리사들도 많고. 오늘 투기장 시작하기 전까지 전부 다 먹어도 남을 거 같다."

다른 요리사들은 투덜거리며 우울한 표정을 지었다. 초반에는 그래도 손님 몇 명이 와서 요리를 사 먹었지만, 이제는 거의 오지 않았다.

저렴한 가격에 더 좋은 버프 효과. 사람들은 줄을 서서라도 〈레스토랑〉 길드의 요리를 먹으려고 했다. 덕분에 이 투기장을 노리고 온 요리사 플레이어들은 손님들을 다 뺐기고 허탈해하고 있었다.

"에이 씨. 진짜 대형 길드면 다냐. 상도덕도 없고……."

"가서 뭐라고 하고 싶다."

"미쳤냐? PK 당하게?"

"같은 요리사인데 설마 PK를 하겠어? 나도 아는 애들 있어."

"걔네들도 아는 플레이어들 있을 테니까 제발 미친 짓 하지 마라."

그렇게 떠드는 도중 누군가 나타났다. 겉모습만 봐도 '나 초보 요리사야'라고 말하는 것 같은 모습.

"아. 또 왔네."

"아이고…… 멍청하기는. 걔도 재룟값도 못 건지겠다."

어떻게 보면 경쟁자였지만, 요리사들은 태현을 보고 별로 신경을 쓰지 않았다. 그들보다 레벨도 낮아 보이는 데다가 지금 가장 위협적인 건 〈레스토랑〉 길드였기 때문이었다.

견제하기보다는 안쓰러운 눈빛!

“여러분!”

“……?”

“이대로 있으실 겁니까!”

갑자기 나타난 초보 요리사가 크게 외치자 다들 얼굴에 ‘?’을 띄우고 쳐다보았다.

‘지금 재가 뭐라는 거야?’

“뭔 소리야?”

“저기 레스토랑 길드가 손님들을 다 뺏어가고 있잖습니까. 이대로 내버려 두면 우리는 손님들을 다 뺏길 겁니다. 손님들을 다 뺏기면 오늘 준비한 재료들은 다 버리게 될 거고, 그러면 손해를 보게 될 거고, 요리사 경쟁에도 밀리게 될 것이고, 이런 실패가 쌓이고 쌓여서 나중에는 결국 인생도 실패하게 될 겁니다!”

“……?”

“그, 그 정도까지는 안 갈 거 같은데…….”

“아닙니다! 그렇게 안일하게 생각하니까 맨날 레스토랑 길드 같은 놈들한테 당하고 사는 겁니다. 레스토랑 길드원들이 뭐라고 한 줄 아십니까? ‘저 멍청이들은 우리랑 상대도 안 되면서 주제도 모르고 이곳에 얼굴 내민다’고 했습니다! 제가 그

말을 듣고 얼마나 화가 났는지!"

"!!"

물론 레스토랑 길드원들은 그런 소리를 하지 않았다. 지금 그들은 요리에 독을 타는 것만 해도 바빴던 것이다. 그러나 요리사들에게는 충분히 믿음이 가는 소리였다.

"그런……!"

"이 자식들 너무한 거 아냐?"

"여러분! 우리도 행동해야 합니다. 이대로 가만히 있으면 레스토랑 길드 같은 대형 길드한테 매번 당할 뿐입니다. 가만히 있지 말고 행동해서 본때를 보여줘야 합니다. 우리도 건드리면 발끈한다는 걸 보여줘야죠! 게다가 레스토랑 길드는 이런 짓을 처음 하는 것도 아닙니다. 저번에 아탈리 왕궁에서도 이런 짓을 했었습니다! 재료를 전부 사버려서 견제를 한 거죠! 여러분들이 지금 손님이 없는 건 레스토랑 길드 때문입니다. 여러분들의 인생이 꼬이고 애인이 없고 취직을 못 하는 것도 다 레스토랑 길드 때문입니다!"

뒤의 말은 아무도 하지 않았지만 태현의 말에는 묘한 설득력이 있었다. 처음에는 심드렁했던 요리사들도 점점 솔깃한 표정을 지으며 태현의 말을 듣기 시작!

"그런데 우리가 뭐 어떻게 할 수 있어?"

"맞아. 레스토랑 길드한테 할 수 있는 게 없잖아."

"할 수 있는 게 있습니다!"

"……?"

"레스토랑 길드는 숫자로 밀어붙이고 있습니다. 많은 길드원으로 사람들을 꼬시는 거죠."

물론 레스토랑 길드는 길드원들의 실력도 뛰어났지만, 태현은 그런 건 넘어갔다.

"우리도 거기에 맞서서 행동하면 됩니다."

"그러니까 어떻게?"

"레스토랑 길드 요리에 독이 들어 있다고 헛소문을 퍼뜨리는 겁니다!"

"……."

순식간에 분위기가 얼었다. 태현의 말을 듣던 요리사들은 한숨을 쉬며 고개를 저었다.

'뭔가 대단한 생각을 하고 있나 했더니 저런 정신 나간 놈이었나!'

"에이……."

"난 또 뭐라고."

"그게 말이 되는 소리냐? 그걸 누가 믿어?"

당연한 반응이었다. 요리에 독을 넣는다고 해도 그걸 누가 믿겠는가. 말한 사람이 이상한 사람이 될 것이다.

"실제로 넣으면 됩니다!"

"……."

요리사들은 점점 미친놈 보듯이 태현을 쳐다보았다. 그러나 태현은 진지했다.

"제 친구 중에 고렙 도적이 있습니다. 은신 스킬이 보통이 아니에요. 그 친구한테 부탁해서 요리에 독을 넣을 겁니다."

"!!"

"그다음에는 여러분들이 바람만 잡아주시면 됩니다! '독을 숨겨서 요리 스킬이 없으면 잘 발견할 수 없었다', '레스토랑 길드가 투기장에 참가하는 대형 길드한테 돈을 받고 몰래 독을 풀었다' 이런 식으로!"

"그, 그런 헛소문을 퍼뜨려도 돼?"

요리사 중에는 그래도 양심이 있는 사람이 있었다.

물론 태현이 지금 말한 건 전부 사실이었지만!

"그러면 가만히 계실 겁니까? 좋습니다. 여러분이 안 하시면 저도 안 하죠, 뭐. 독 넣고 하는 건 전부 다 저하고 제 친구가 하는데……."

할 말을 다 한 태현은 갑자기 태도를 바꿨다.

이렇게 되자 오히려 아쉬워지는 건 요리사들!

"잠, 잠깐만!"

"안 하겠다는 게 아니라…… 생각을 해보겠다는 거지! 잠시만. 잠시만 여기로 와봐. 잘 이야기를 해보자고."

수군수군!

태현을 미친놈 보듯이 봤던 요리사들도 태도를 바꿨다. 진짜로 독을 넣으면 의외로 가능성이 있어 보였던 것이다.

어려운 건 태현이 다 해주니, 그들은 바람만 잡아도 됐다.

완전히 남는 장사!

"정말로 독을 넣을 수 있어?"

"아, 여러분들이 넣는 것도 아닌데 왜 못 믿는 겁니까? 어차피 여러분들은 독 넣는 게 성공한 다음 움직여도 되니까 손해 보는 거 없잖습니까."

"그…… 렇긴 하네."

"맞는 말이야."

요리사들은 고개를 끄덕였다. 확인하고 움직이면 되니 문제는 없었다.

"그러면…… 해볼까?"

"그럴까?"

요리사들은 서로 눈치를 보더니 한두 명씩 입을 열었다. 그들도 사람인 이상 욕심이 없을 수가 없었다.

다만 한 가지 걱정되는 건 나중의 뒷감당!

레스토랑 길드가 이걸 알게 되면 가만히 있지 않을 것이다. 어떻게든 복수를 하려고 할 게 분명했다.

"근데 넌 이름이 뭐야?"

요리사 중 한 명이 태현에게 물었다. 태현은 속으로 피식 웃었다. 갑자기 이름을 묻는 이유야 뻔했다. 나중에 레스토랑 길드가 따져 물으면 '이놈이 했어요! 우린 아무것도 몰라요!'라고 하고서 빠져나가려는 속셈!

어차피 상관없었다. 태현도 그걸 알고 있었으니까.

"양성규입니다."

"아. 그래. 양성규! 잘 부탁할게!"

"맞아! 믿을게! 레스토랑 길드한테 한 방 먹여주자고!"

"하하! 네!"

태현은 웃으면서 생각했다. <마르덴 후작의 살아 움직이는 가면>을 조금 더 잘 다룰 수 있었으면, 양성규의 외모로 완벽하게 변장할 수 있었을 텐데. 이게 외모 변경은 가능해도 완벽하게 한 사람의 외모와 똑같이 만드는 건 보통 까다로운 게 아니었다. 시간이 없을 때는 대충대충 할 수밖에 없었다.

"그러면 여러분."

태현은 손을 내밀었다.

"……?"

"돈…… 설마 돈을 달라고?"

'이 자식 설마 사기꾼 아냐?'

요리사들은 그런 표정으로 태현을 쳐다보았다. 그러나 태현은 돈을 달라고 손을 내민 게 아니었다.

"재료 내놓으시죠. 독 필요하거든요."

"독 갖고 있는 거 아니었어?! 그 도적 친구는?"

"제가 만들어야 주죠."

태현의 말을 들은 요리사들은 한층 더 미친놈 보듯이 태현을 쳐다보았다.

저 말인즉……. 독 관련 요리 스킬을 익혔다는 뜻!

'그거 실제로 익히는 놈도 있었냐?'

'진짜 할 일 없는 놈인가 보네.'

요리사들은 수군거렸지만 태현은 아랑곳하지 않고 제작을 시작했다. 재료야 많았으니 충분히 원하는 대로 만들 수 있었다.

[섬세하게 배합된 완벽한 마비 독을 만드는 데 성공합니다.]

[현재 스킬 레벨로 만들기 힘든 아이템을 만들었습니다. 독 제작 스킬이 크게 오릅니다.]

'저거 초보자 맞아?'

'동작이 왜 저렇게 능숙하지.'

얼마 지나지도 않아 태현은 독 제작을 끝내고 자리에서 일어섰다.

"그러면 하고 오겠습니다. 바람 잘 잡아주세요."

"물론이지! 맡겨만 달라고!"

"독만 넣으면 우리도 자신 있게 말할 수 있지!"

태현이 사라지자 요리사들은 자기들끼리 떠들었다.

"정말 넣을 수 있을까?"

"글쎄…… 그보다 나중에 레스토랑 길드가 범인 찾으면 어떡하지?"

"양성규 저 사람이 했다고 해야지. 뭘 어떡해. 우리가 했다고 해?"

"그렇지?"

"에취!"

양성규는 재채기를 했다.

"누가 내 이야기라도 하나?"

투기장 시작 전이지만 양성규는 요리를 사 먹으려고 줄을 서지 않았다. 대신 가방에서 요리를 꺼냈다.

랭커 요리사 플레이어한테서 현질로 산 요리!

오늘 같은 날을 위해 준비한 아이템이었다. 요리사 플레이어의 스킬 덕분에 시간이 지나도 효과가 떨어지지 않았다.

들어가려고 준비를 하는 양성규의 귓가에 사람들의 고함소리가 들리기 시작했다.

"……독이다! 독이 있다!"

"무슨 소리야! 그런 거 없어!"

"레스토랑 길드가 요리에 독을 풀었다!"

"요리 스킬로 독을 숨겼어! 대형 길드한테 돈을 받고 푼 게 분명해!"

"뭐?! 어떻게 그럴 수가?!"

시끄러워지는 사람들을 보며 양성규는 혀를 찼다.

"쯧쯧. 그러니까 검증된 요리를 사 먹어야지. 불량식품을 어떻게 믿고."

양성규는 어깨를 으쓱하고는 투기장 안으로 들어갔다. 저 밖의 놈들이 자기들끼리 싸우는 건 알 바 아니었다.

그러는 사이 태현은 흐뭇하게 일어난 소란을 지켜보고 있었다.

완전 난장판!

태현이 일으킨 소란은 순식간에 커다란 바람이 되어 사람들 사이를 뒤집어 놓고 있었다.

[많은 사람 사이를 뚫고 은신하는 데 성공합니다.]

[은신 스킬이 오릅니다.]

초급 은신 스킬도 이제 레벨 9. 1만 올리면 중급 은신 스킬을 얻을 수 있었다.

신의 예지와 행운으로 인해 원래라면 실패할 난이도인데도 성공이 가능!

덕분에 스킬 성장 속도가 몇 배는 빨랐다. 태현은 레스토랑 길드원들의 솥에 성공적으로 독을 뿌렸다. 일단 독을 넣는 데 성공했다면 그 뒤부터는 간단. 다른 요리사들이 바람을 잡기 시작하자 플레이어들은 불안해하기 시작했다.

"여기 독 있는 거 맞아?"

"야. 너 요리 스킬 있었지? 이거 확인 좀 해봐."

"독 있어! 이 미친 자식들! 진짜로 독을 넣었어!"

요리사뿐만이 아니라 다른 플레이어들도 외치기 시작하자, 독을 넣었다는 건 기정사실이 되었다.

"이 자식들이……."

"그러고 보니 레스토랑 길드는 예전부터 나쁜 짓 많이 하지 않았냐? 이거 완전 나쁜 놈들이네! 분명 다른 놈들한테 돈을 받고 이러는 거겠지!"

태현은 천연덕스럽게 다른 플레이어들 사이에서 섞여 크게 외쳤다. 플레이어들은 그 소리에 더욱 분노해서 떠들기 시작했다.

"이 치사한 놈들!"

"레스토랑 길드 너희 죽고 싶냐?!"

"붙잡아! 못 도망치게 해!"

"어떻게 된 거야?! 절대로 안 들킨다며!"

"들, 들킬 리가 없는데……."

레스토랑 길마 차오는 길드원 우탄에게 화를 냈다. 우탄은 레스토랑 길드에서 나름 유명한 플레이어였다.

독 요리 전문가!

다른 요리사들이 더 맛있는 요리, 더 많은 사람을 감동시키는 요리를 찾아 스킬을 배우고 레벨을 올릴 때 우탄은 더 강력한 독과 더 교묘한 독을 만드는 스킬을 배웠다. 차오는 우탄의 능력이 매우 쓸 만하다고 생각했다. 요리사가 꼭 요리만 해주라는 법은 없지 않은가.

사람들이 가장 방심할 때가 바로 밥을 먹을 때!

실제로 이번 계획에서 우탄은 스스로의 능력을 증명해 보였다. 많은 플레이어가 신나서 요리를 먹는 동안 아무도 눈치를 채지 못한 것이다.

우탄이 가진 독 요리 스킬들 덕분!

먹는 사람이 눈치채지 못하게 하는 스킬까지 있으니 요리사들도 다 눈치를 채지 못했다. 그런데 갑자기 소란이 일어나기 시작한 것이다.

"대체 어떻게 알아챈 거야?"

차오는 짜증을 내며 솥에 다가가서 요리를 확인했다. 분명 어지간하면 눈치를 채지 못하게 손을 써놨는데…….

"?!?!"

차오는 눈을 크게 떴다. 이게 대체 뭔?

"이 독 네가 넣었냐?"

"안 넣었어요!"

"그런데 왜 이런 조잡한 독이 들어가 있어? 이거 어떤 놈이 넣었어? 개나 소나 다 알겠다!"

물론 아무도 나오지 않았다. 태현이 넣었으니까!

차오는 욕설과 함께 침을 뱉었다. 어쩔 수 없었다. 어떻게 된 건지는 몰랐지만 이렇게 된 이상 수습은 힘들었다.

"저희가 독 넣은 게 아니라니까요!"

"그럼 이 독은 누가 넣었는데! 어디서 말 같지도 않은 소리를!"

"너희 돈 받았다며? 돈 받았지?"

솥 주변에서는 레스토랑 길드원들이 플레이어들의 위협을 받고 있었다.

'대체 어떻게 알고 있는 거지? 배신한 놈이 있나?'

차오는 설마 어떤 미친놈이 몰래 그들의 솥에 독을 넣고 이 소란을 일으켰다고는 생각지도 못했다. 그보다는 차라리 길드원 중 배신자가 있다는 게 더 그럴듯한 추측!

"어쩔 수 없다. 치우고 튀자!"

"네!"

이미 〈쑤닝〉 길드와 약속한 만큼 요리를 뿌린 상태였다. 여기서 더 있다가는 분노한 플레이어들한테 공격을 받을 수도 있었다. 게다가 하필 이 아발랍 시는 총독이 모험가들끼리 PK를 해도 신경을 쓰지 않는 곳!

"해독되는 요리 팝니다! 원가만 받아요!"

"정말 원가예요?"

플레이어 한 명이 의심스럽다는 눈빛으로 태현을 쳐다보았다. 그러나 태현의 연기는 눈빛으로 뚫어볼 수 없었다.

태현은 요리를 늘어놓은 탁자를 쾅 하고 치며 말했다.

"정말 원가입니다! 레스토랑 길드 그 인간들이 해놓은 짓을 보세요. 같은 요리사로서 부끄러워서……! 제가 그래도 해독 관련 스킬 꽤 됩니다. 드시고 가세요! 해독 요리!"

태현의 모습에서는 진지하게 요리사 직업을 고른 사람으로서의 책임감이 넘쳐흘렀다.

의심스럽다는 듯이 물어본 플레이어도 미안하다는 목소리로 말했다.

"미안해요. 괜히 의심해서. 레스토랑 길드 요리사들이 이상한 짓을 해서……."

"괜찮습니다. 이해합니다. 그놈들이 나쁜 놈들이죠!"

우르르-

사람들이 몰리자 태현은 재빠르게 요리를 팔았다. 그러는 사이 귓속말이 왔다.

-야. 나도…….

-?

-나도 요리 먹었어…….

케인의 귓속말이었다. 앞을 보니 줄을 선 사람들 뒤에 아주 눈에 띄는 갑옷을 입은 사람이 서 있었다. 케인이었다.

-투기장 뛰기 전에 해독해야 하니까 빨리! 빨리 줘!

-안 돼. 줄에서 나가.

-야. 너무한 거 아냐?!

케인은 울컥해서 외쳤다. 아무리 그래도 그렇지, 이제까지 태현 밑에서 구르고 굴렀는데 해독제 하나 주기 싫어서 이러다니.

-이거 해독 요리 아니야.

-……?

-다른 독 요리지.

-……!

케인은 경악했다. 설마…….

'이런 미친놈!'

[요리 스킬이 오릅니다.]

[6명에게 성공적으로 독을 먹였습니다. 독 제작 스킬이 오릅니다.]

[13명에게 추가적으로 독을 먹이는 데 성공합니다. 독 제작 스킬이 오릅니다.]

[악명이 오릅니다.]

태현이 바빠 죽겠는데 다른 사람들에게 자선 사업을 할 리 없었다. 이러고 있는 데에는 이유가 있었다.

'요리 스킬, 특히 독 스킬을 올리기 딱 좋은 상황이야.'

사고는 레스토랑 길드가 다 치고 갔으니 여기서 태현이 독 좀 더 먹인다고 해서 나중에 문제가 생길 리 없었다.

먹은 사람들이 나중에 독에 걸린 걸 알아도 레스토랑 길드

탓을 할 테니까!

케인의 입이 벌어지다 못해 턱이 빠질 수준으로 열렸다.

'내가 진짜 살다 살다 이런 놈은…….'

-뭐하냐? 줄에서 빠지라니까.

-어…….

"이거 먹어보고 해독되었다는 메시지 뜨나 봐봐."

"안 뜨는데?"

"이게 아닌가? 이거 먹어봐."

"……빙결 대미지가 뜨는데?"

"이것도 아니었군. 그럼 이걸 먹어봐."

"너 이 자식 일부러 이러는 거지?"

"뭐? 지금 널 위해서 이렇게 고생하고 있는 나한테 그게 할 소리냐?"

태현이 목소리를 깔자 케인은 깨갱거리며 꼬리를 내렸다.

"아, 아니…… 자꾸 틀리니까……."

"레스토랑 길드 요리사들이 그냥 요리사냐? 레벨 높은 놈들이 잖아. 한 번에 독을 해독하기 힘드니까 입 다물고 가만히 있어라."

"……."

케인은 조용히 쭈그러들었다. 그러는 사이 태현은 아주 알뜰살뜰하게 끝까지 스킬 레벨을 올렸다.

"좋아. 다 됐다. 들어가자고!"

"와아아아!!!"

"이다비다!"

사람들의 함성. 태현은 그걸 듣고 고개를 갸웃거렸다.

"유명한 플레이어인가? 랭커 같은?"

"아니…… 이다비는……."

"……?"

"꽤 유명한 플레이어긴 하지. 파워 워리어 길마잖아."

"?!"

들어보니 함성이 좋은 의미의 함성이 아니었다.

"파워 워리어 죽어라!"

"이다비 죽어라!"

"광고 좀 그만 달아!! 짜증 나 죽겠어!"

그러나 이다비는 아랑곳하지 않고 손을 흔들었다.

태현은 그녀를 보고 깨달았다. 이 여자도 태현 못지않게 얼굴 가죽이 두껍다는 것을!

“여러분! 감사합니다! 파워 워리어 길드에 들어오세요!”

“아놔. 안 들어간다고!”

“꼭 그렇게 더티하게 길드 광고를 해야겠어?!”

“지금 들어오시면 잘 만들어진 롱소드와 골드를…….”

“닥쳐! 좀!”

호응과 야유가 동시에 쏟아졌다. 이다비라는 플레이어가 하도 온갖 곳에 광고를 하고 다녀서 그런지 야유를 하는 사람들이 많았다. 그렇지만 의외로 호응을 보내는 사람들도 있었다. 파워 워리어 길드원들이 아니었다.

하도 꾸준하게 광고를 하다 보니 그 광고에 중독되어 버린 사람들!

“최강 길드 〈파워 워리어〉! 가입 시 롱소드 증정!”

“〈파워 워리어〉에 가입해라! 두 번 가입해라!”

웃기는 건 이들이 길드원들도 아니라는 것이었다. 이다비는 반응을 즐기듯이 손을 흔들며 투기장 안으로 들어갔다.

투기장 경기장에는 고요함이 맴돌았다.

‘20명? 생각보다 많군.’

각 입구에 나 있는 문으로 들어온 플레이어들은 서로를 확인했다. 원형 경기장 중앙에 위치한 거대한 기둥과 곳곳에 있는 바위들. 이런 지형을 빨리 파악하는 게 PK에서 이길 수 있는 조건이었다.

"그러면…… 모험가들이여! 싸움을 시작하도록!"

뿌우우-

나팔 소리가 울렸지만 아무도 먼저 움직이지 않았다. 모두가 눈치를 보고 있었던 것이다.

누구를 먼저 공격해야 할까?

이런 식의 투기장에서는 한 번 물리면 끝까지 두들겨 맞게 되어 있었다.

케인은 침을 꿀꺽 삼켰다. 지금 상황에서 가장 불리한 건 그였다. 겉모습이 너무 눈에 띄었던 것이다.

'나 레벨 높아요!'라고 말하는 것 같은 겉모습!

"여러분. 저 사람 공격하죠."

"……!"

아니나 다를까, 케인을 가리키는 사람이 나왔다. 사냥꾼처럼 생긴 플레이어가 케인을 손가락으로 가리키며 입을 열었다.

"딱 봐도 고렙 플레이어 같은데 지금 잡아야 해요. 나중 가면 혼자 깽판을 칠 걸요."

"맞는 말 같은데? 장비 봐. 진짜 세 보이네."

'이 자식……!'

케인은 긴장으로 몸을 굳혔다. 분위기가 좋지 않았다. 포위되는 걸 각오하고 싸워야 하나?

투기장에 참가한 플레이어들이 워낙 많아 예선으로 갈라지고 갈라진 상태. 결정적인 순간에 케인을 써먹기 위해, 태현은 예선에서 굳이 케인과 같은 경기장 안으로 들어가지 않았다.

즉 여기서 도와줄 사람은 아무도 없는 것!

'생각해라. 생각! 어떻게 해야 할까?'

예전의 케인이었다면 포기하고 먼저 달려들었을 것이다. 어차피 질 거라면 몇 놈은 박살 내고 가겠다! 그러나 케인은 예전과 달랐다. 태현과 같이 다니면서 많은 것을 배운 것이다.

태현이라면 어떻게 했을까?

-누군가 너를 엿 먹이려 한다면 두 배로 엿을 먹여줘라.

케인은 칼자루에서 손을 놓고 다른 사람들을 쳐다보았다.

"내 장비가 이런 건 겉모습만 그런 거야. 다른 장비 쓸만한 게 없어서 어쩔 수 없었다고."

"말이 되는 소리를……."

"그리고 내가 고렙 플레이어라니. 나 같은 플레이어 본 적 있는 사람 있냐? 이런 장비 끼고 다니는 사람 본 적 있냐고."

본 적이 있는 사람이 있을 리가 없었다.

"고렙이면서 거짓말하지 마! 여러분! 지금 공격받기 싫어서 지어내는 거예요!"

"웃기시네."

케인은 신경도 쓰지 않는다는 듯이 어깨를 으쓱거리며 말했다. 태연하게 굴었지만, 이럴 때 변명만 하는 건 최악의 방법이었다. 공격을 해야 했다!

"지금 시작하자마자 나서서 둘이 날 몰았거든? 뭔가 수상하지 않냐? 너희 둘이 친구지?"

"?!"

"보니까 딱 각이 나오네. 이렇게 한 명씩 몰아서 밟은 다음 적당한 때에 나와서 둘이 이기려고 했겠지."

"말도 안 되는 소리!"

"내가 경기장 들어오기 전에 너희들 이야기하는 거 봤거든. 아주 친해 보였는데 역시나 같은 팀이었군!"

케인은 아무렇게나 둘러댔다.

-거짓말을 할 때는 일단 우겨야지. 괜히 멈추거나 하지 말고. 들키면 어떡하냐고? 그건 그때 생각하는 거고.

귓속에서 들리는 것 같은 태현의 목소리!

"이, 이런……."

"어쩔 수 없어! 공격해!"

"?!"

'진짜 팀이었냐?!'

둘이 무기를 들고 달려들자 케인은 깜짝 놀라고 말았다.

'별생각 없이 한 말인데…….'

케인은 일단 무기를 들었다. 그 순간 드는 생각!

'지금 강해 보이면 안 좋지 않을까?'

이 앞에 두 멍청이 말고도 17명이나 더 있었다. 강한 모습을 보였다가는 바로 다음 목표가 될 것이다. 케인은 바로 몸을 돌려 반대 방향으로 뛰기 시작했다.

태현에게 겪은 시련이 그를 성장시켰다!

"으아아악! 살려줘!"

"?!"

주변을 지켜보고 있던 플레이어들은 케인이 그냥 도망치자 살짝 놀랐다.

'레벨이 높은 게 아니었나?'

'저 정도는 충분히 상대할 수 있을 것 같은데…….'

결국 먼저 공격을 받기 시작한 건 케인을 쫓아다니던 둘이었다.

콰콰쾅!

마법사가 공격을 시작하자 다른 플레이어들도 뒤따랐다.

한 번 몰리면 빠져나올 수 없는 게 투기장!

“잠, 잠깐…… 컥!”

“안 돼!”

둘 다 깔끔하게 로그아웃.

케인은 주변을 둘러보았다. 다음은 누구일까?

“마법사 조지죠.”

“역시 마법사죠!”

“야 이 치사한…… 으아악!”

언제나 마법사들은 견제의 대상!

시간을 많이 주면 마법으로 뭘 할 수 있을지 몰랐으니 더더욱 위험했다. 마법사 플레이어는 급하게 대항했지만 다들 몰려들어서 치고받으니 어떻게 버틸 수가 없었다. 다음 싸움에도, 그다음 싸움에도 케인은 의외로 정치질의 대상이 되지 않았다. 처음 싸울 때 비명을 지르며 도망쳤던 게 의외로 도움이 되었던 것이다.

모두가 비슷하게 생각했다.

‘저건 그냥 내버려 뒀다가 나중에 처리해도 되겠네.’

CHAPTER 5

어느새 남은 건 다섯 명.

케인은 뭔가 이상하다는 걸 깨달았다.

'저 셋은 왜 서로 쳐다도 안 보지?'

이쯤 되면 다들 서로 쳐다보면서 누굴 먼저 공격할지 눈치를 굴려야 하는데…… 세 명은 케인과 남은 한 명만 쳐다보았다.

"저 성기사 공격하자!"

"……!"

지목을 당한 건 케인 옆에 있던 한 명.

케인은 그제야 깨달았다.

'저 셋도 한 팀이었군!'

"좋아! 성기사는 빨리 죽여야지!"

셋은 케인의 반응을 보고 씩 웃었다. 일이 쉽게 풀릴 것 같았다.

"지금 간…… 커헉!"

"?!"

셋은 마음 놓고 성기사 플레이어한테 접근하다가 케인한테 강하게 뒤를 공격당했다.

생각지도 못한 일격!

"뭐, 뭐하는 짓이야? 성기사 공격하자고 했잖아!"

"왜 당황하냐? 너 공격한 것도 아니고 저놈 공격했는데."

"그, 그건…… 어쨌든 성기사 공격하기로 했는데 왜 이러는 건데?!"

"그야 너희 셋이 한 팀 같으니까. 같은 길드 같단 말이야. 아니냐?"

"……."

셋은 시선을 교환하더니 고개를 끄덕였다. 어차피 이미 그들을 제외하고는 두 명 남은 상황. 정체를 드러내도 별문제 없었다.

"그래. 같은 길드다, 이 멍청한 자식들아!"

셋은 성기사 플레이어가 아닌 케인을 향해 달려들었다.

"알아챌 거면 진작 알아챘어야지, 지금 알아채서 뭐하려고? 레벨도 별로 안 높은 놈…… 으헉?!"

케인은 달려드는 놈을 그대로 대검으로 후려친 다음 옆의 놈을 어깨로 들이받았다.

-연속 스킬 콤보!

아까와는 전혀 다른 모습을 보이자 그제야 플레이어들은 깨달았다. 이 자식 약한 척을 하고 있었구나!

“이런 치사한 자식!?”

“치사한 건 이제 나한테 칭찬이다!”

치사하면 뭐 어떠냐, 이기면 그만이지!

케인은 성장한 모습을 아낌없이 보여주며 셋을 몰아붙였다. 공격을 받을 뻔한 성기사도 끼어들어서 케인을 도왔다.

“아, 안 돼!”

한 명이 로그아웃되고.

-울부짖는 붉은 파동!

콰콰쾅!

두 명이 로그아웃 당했다. 남은 건 하나!

그러자 케인은 바로 몸을 돌려 성기사를 후려쳤다.

“?!?!”

갑자기 공격당한 성기사는 당황해서 케인을 쳐다보았다.

"야! 제대로 맞춰! 내가 아니라 저쪽이야!"

"너 공격하는 거 맞다 이 자식아!"

케인은 성기사를 재빨리 몰아붙였다. 다른 한 명은 이미 많이 두들겨 맞아서 HP가 많이 빠진 상태. 어차피 저놈이 죽으면 이 성기사와 싸워야 했다.

게다가 성기사라면…….

"너 〈성기사이즈킹〉 길드 소속 아니냐?"

"〈성기사 이즈 킹〉이다! 헉!"

무심코 반박한 성기사는 깜짝 놀라 입을 가렸다.

하도 잘못 부르는 놈이 많다 보니 자동적으로 나온 반응!

"그래! 거기 길드면 죽어야지!"

콰콰쾅!

파란만장한 케인과 달리, 태현은 손쉽게 예선을 통과하고 있었다. 견제하려는 사람이 아무도 없었던 것!

케인과 달리 평범하게 위장한 태현은 정말로 무해해 보였다. 그저 다른 사람들끼리 싸우는 걸 기다리다가 세 명이 남았을 때 서로 치열하게 싸우는 척하면서 그냥 끝내 버렸다.

[치명타가 터졌습니다!]

[치명타가 터졌습니다!]

"뭐, 뭐야?!"

당한 플레이어들은 뭐에 당한 건지도 모르고 허무하게 로그아웃!

'생각보다 너무 쉬운데?'

투기장에 몰려온 사람 중 눈에 띄는 사람들이 너무 많다 보니, 태현은 관심도 받지 못하고 있었다. 태현이 오기 전부터 아발랍 시에서 움직이고 있던 길드 소속 플레이어들은 물론이고, 투기장의 우승을 진지하게 노리는 고렙 플레이어들부터 시작해서 온갖 플레이어들이 다 있다 보니 태현은 관심도 받지 못했다.

생각보다 가면과 장비 위장의 효과가 훨씬 컸던 것!

'케인을 도중에 써먹으려고 했는데, 그냥 결승전까지 가도 될 거 같다?'

한 판 정도 치르고 나면 정체가 들통 날 줄 알았는데, 관심을 못 받은 덕분에 매우 쉽게 진행이 가능했다.

"크흐흐…… 하찮은 놈들이 하찮게 싸우는 모습이 아주 좋구나!"

아발랍 총독은 투기장의 가장 높은 곳에서 사람들이 싸우는 걸 보고 있었다. 옆에 있는 부하들은 총독이 악마라는 것도 모르고 고개를 굽신거리며 말했다.

"주인님의 혜안 덕분입니다!"

"과연 대단하십니다!"

"됐다. 너희 같은 놈들 말을 들어봤자 기쁘지도 않으니."

"주인님, 1차전이 끝났습니다. 인원이 맞지 않아 한 번 더 걸러내야 할 것 같습니다만……."

"그렇게 해라. 왜 물어보는 거냐?"

"어떤 식으로 걸러낼까요?"

"음…… 귀찮군. 20명만 남기면 되는 거겠지? 20명이 남을 때까지 1:1로 붙이든 2:2로 붙이든 알아서 해라. 아, 그리고 이렇게 생긴 귀족 놈은 그냥 올려보내라."

"중요한 사람입니까?"

"중요한 놈은 아니고, 어차피 죽을 놈이지만 하는 말이 마음에 들었다. 하찮은 놈들을 다루는 법을 아는 놈이거든!"

악마에게도 호감을 사는 태현!

덕분에 1차전이 끝나고 최종 20명을 정하는 복잡한 과정에서 태현과 케인은 벗어날 수 있었다. 그러나 플레이어들 입장에서는 세워놓은 계획이 전부 망가지는 일이었다.

"아니 왜 갑자기 1:1?! 그리고 저 사람들은 왜 2:2로 합니까?"

"하기 싫으면 나가셔도 됩니다. 입장료 돌려 드리겠습니다."

"……하겠습니다!"

플레이어들은 울며 겨자 먹기로 참가했다. 1:1, 2:2, 그중 가장 압권은 동전 던지기였다.

"이게 뭐야?!"

심지어 동전이 다섯 번 연속으로 뒷면만 나왔다. 힘들게 싸워서 올라온 플레이어는 울상을 지었다. 기껏 〈레스토랑〉 길드가 뿌린 독 요리를 친절한 요리사가 준 요리로 해독하고 올라왔는데…….

그는 상상치도 못했다. 친절한 요리사가 준 요리에 무언가가 있을 거라고는!

-야. 우리는 왜 아무도 안 부르는 거냐?

-몇 명은 그냥 결승으로 올라가는 모양인데. 역시 총독이랑 친목질을 하길 잘했군.

-총독이 악마라고 하지 않았냐?

-그랬지.

-…….

케인은 속으로 생각했다.

'악마와 친해지다니 정말 김태현답군!'

-너 지금 속으로 내 욕했지?

-?!

-앞으로 할 일 많을 테니 봐준다. 결승에서 잘하라고.

-에이 씨…… 초반에 견제당할 텐데 무슨…….

-아닐걸. 원래 너한테 그런 장비를 입힌 건 결승이 아니라 그전에 쓰려고 한 거였거든.

-?

-결승에서는 그런 장비 입고 있어도 견제할 놈이 한둘이 아닐 테니까. 네가 먼저 견제당하지는 않을 거다.

이 많은 놈 중에서 걸러내고 걸러냈는데도 20명 안에 뽑혔다는 것 자체가 강하다는 걸 증명했다.

태현은 손가락을 꼽으며 계산했다.

'길드가 많이 참가하긴 했어도 이렇게 운으로 갈라놓으면 다 올라오진 못했을 텐데. 누가 올라왔으려나…… 오히려 혼자 돌아다니는 플레이어가 더 올라왔을지도 모르겠는데.'

결과는 얼마 지나지 않아서 알 수 있었다. <성기사이즈킹>의 길마, <쑤닝>의 길마, <크라잉 해머>의 길마, 거기에 이상하게 차려입은 오크(태현은 바로 양성규라는 것을 알아차렸다)…….

저 위의 플레이어들은 워낙 아발랍 시에서 얼굴이 알려져서 바로 결승에 올라왔다는 걸 알 수 있었지만, 정체를 모르는 플레이어들이 더 많았다.

태현은 결승전에 올라온 정체를 모르는 플레이어 중에서 최소 몇 명은 저 위의 길드원이라고 예상했다.

'방심할 수가 없겠는데.'

아차 하는 순간 몰려서 그대로 박살 날 수 있었다. 예선과 달리 결승에 올라올 정도라면 최소 고렙 이상이었다.

어떤 스킬이든, 직업이든 간에 숨겨진 능력 한 가지 정도는 갖고 있을 것!

"이 자리까지 올라온 모험가들이여! 여기까지 올라오느라 고생이 많았다. 부디 끝까지 승리하여 가장 강하다는 걸 증명하라!"

총독의 말과 함께 병사들이 쟁반에 잔을 올려서 갖고 나왔다.

"……?"

"??"

자리에 모인 플레이어들이 뭐냐는 듯이 쳐다보자 병사들이 공손하게 말했다.

"총독님께서 내리신 잔입니다. 영광으로 알고 받으십시오."

"……."

물론 평범하게 잔에 담긴 술이었다. 그렇지만 이 자리에 모인 플레이어들은 평범하게 마실 수가 없었다. 투기장이 시작되기 전 나왔던 수많은 음모가 아직 기억에 선명했기 때문이었다.

'설마 총독이 술에 독을 타지는 않았겠지?'

'그래도 혹시…… 괜히 마시고 싶지는 않은데…….'

〈쑤닝〉 길마는 아예 〈레스토랑〉 길드원 한 명을 불러서 술을 확인시키고 있었다.

아발랍 총독이 내린 술:

아발랍 시의 총독이 투기장의 끝까지 올라온 모험가들을 칭찬하기 위해 따라준 술이다. 마시지 않을 경우 총독이 불쾌하게 생각할 것이다.

마실 시 명성 50 상승.

"평범한 술입니다."

"그래?"

다들 각자 다양한 방법으로 술을 확인했다. 그리고 한두 명씩 들이키기 시작했다. 확인도 했고 다들 마시는 데다가 총독이 직접 내린 술이니, '설마 다른 플레이어가 수작을 부리지는 못했겠지'라고 생각한 것이다.

그러나 태현은 아니었다. 맹렬하게 울리는 직감!

다른 사람들은 몰랐지만 태현은 알았다. 아발랍 총독이 사람이 아니라는걸.

'악마가 준 술을 마셔야 해?'

놀랍게도 태현의 요리 스킬로도 술에 숨겨진 옵션은 볼 수 없었다. 정말로 멀쩡한 술이거나, 아니면 무언가 태현의 스킬 레벨을 뛰어넘는 방법으로 담겨 있는 게 분명했다.

알아내는 방법은 하나.

-신의 예지.

그 순간 하얀색으로 미친 듯이 반짝이는 술! 술잔 위에 전등이라도 달아놓은 것처럼 눈부셨다.

"……."

아무런 옵션이 보이지 않아도 이런 걸 마실 수는 없었다. 태현은 케인한테 귓속말을 보냈다.

-술 마시지 마라.

-뭐? 안 마실 경우 총독이 불쾌하게 여긴다는데?

-하긴. 그렇긴 하네.

-?

-내가 하라는 대로 해라. 술잔 좀 치워야겠다.

-……?

-일단 술잔을 바닥에 던져.

-왜?

-나 못 믿냐? 일단 하라는 대로 해.

쨍그랑! 케인은 술잔을 바닥에 던졌다.

-그리고 이렇게 외쳐라.

"여기 있는 놈들 다 허접 같아 보이는데! 나 혼자서도 다 쓸어버릴 수 있겠다!"

순식간에 쏟아지는 시선들! '네가 뭐하는 놈인데 어디서 건방지게 그딴 말을 하냐'는 눈빛들이었다.

'하, 하하…….'

케인은 체념했다. 아마 결승에서는 시작하자마자 탈락할 것 같았다. 다른 플레이어들이 노려보는 것에서 끝나지 않았다.

[아발랍 총독이 술잔을 던진 당신을 매우 불쾌하게 여깁니다.]

[아발랍 총독의 적대도가 올라갑니다.]

'으아…….'

케인은 바로 나오는 반응에 속으로 끙끙 앓았다. 이거 나중에 꼬이는 거 아냐?

케인이 그러는 사이에 태현은 재빨리 술을 치웠다.

그걸 본 양성규가 다가와서 물었다.

"너 태현이 맞지?"

이 자리에서 김태현 같아 보이는 사람이 별로 없었다. 외모가 달랐지만, 양성규는 태현의 행동으로 정체를 추측했다.

"아. 아저씨. 용케 올라오셨군요."

"그래. 그런데 넌 어떻게 외모를 바꾼 거냐?"

"아이템이죠."

'하필 저런 놈한테 저런 아이템이 가다니…….'

양성규는 속으로 생각했다. 태현 같은 녀석이 외모를 바꾸는 아이템을 갖고 있으면 무슨 짓을 할 수 있을지 상상이 가지 않았다.

"그런데 술은 왜 가방에 넣은 거냐?"

"제가 술 안 좋아해서요."

"판타지 온라인에서는 취하지도 않잖아!"

"하하. 안 맞는 걸 어떡합니까?"

"……."

양성규는 속으로 의심의 시선을 태현에게 보냈다. 이 자식 혼자 안 마시다니.

'불안한데 이거…….'

"어쨌든 아저씨, 저번에 했던 이야기는 아직 기억하시죠?"

"아, 동맹? 물론이지. 내가 느끼는 건데 저놈이랑 저놈은 같은 길드 소속 같아."

"그렇죠. 저놈이랑 저놈도 같은 길드 소속 같고."

양성규나 태현이나 보는 눈 하나는 비범했다. 모르는 척 시침을 떼도 오히려 거기서 정보를 읽어냈다. 서로 시선을 맞추지도 않으려는 플레이어들은 친할 가능성이 높았다.

"둘이 친구인가요?"

"……?"

둘이 이야기하는 곳에 끼어든 것은 이다비였다. 이다비가 누군지 알아본 양성규는 질색하는 표정을 지었다.

물론 태현도 마찬가지였다.

"저리 가라 파워 워리어."

"잘 만들어진 롱소드는 너희들끼리 갖고 놀라고."

"……."

바로 날아오는 날 선 반응!

그러나 이다비는 전혀 흔들리지 않았다. 태현이 느낀 것처럼, 그녀의 얼굴 가죽도 태현처럼 두꺼웠던 것이다.

“길드 홍보 좀 할 수도 있죠!”

“그게 홍보냐? 아저씨가 원래 화를 내는 사람이 아닌데 너희들은 좀 심해! 스팸 처리를 했는데도 어떻게 계속 이메일을 보내는 거냐?”

“그렇게 사소한 과거 일은 잊어요! 지금 더 중요한 게 있잖아요!”

“내 방송에 광고 도배한 놈을 족치는 일 같은 거?”

태현의 말에 이다비는 고개를 갸웃거렸다.

“하도 많이 달아서 어느 방송인지 기억이 잘…….”

철컥!

“잠깐, 잠깐만. 들어서 나쁜 이야기는 아닐 거예요!”

“지금 널 공격해도 나쁜 이야기는 안 될 것 같은데.”

“저 플레이어 보여요? <성기사이즈킹> 길마거든요?”

<성기사 이즈 킹> 길드는 길드원들 빼고는 아무도 <성기사 이즈 킹>이라고 부르지 않았다. 모두 다 줄여서 불렀다.

“그런데 저기 구석에서 모르는 척 하고 있는 플레이어도 <성기사이즈킹> 길드원이에요.”

“그 정도야 이미 알고 있다.”

“그걸 누가 몰라?”

양성규와 태현은 이다비가 무슨 말만 해도 까칠하게 나왔다. 그러나 이다비는 꿋꿋하게 계속했다.

"다른 곳들도 분명 저렇게 길드원들 넣어서 결승까지 진출시켰을 거예요. 가만히 있으면 우리만 당한다고요. 우리도 뭉쳐야 해요."

"언제부터 우리가 됐냐?"

"그러게요, 아저씨. 전 파워 워리어하고 우리가 된 적이 없는데."

냉정한 반응!

이다비는 둘이 아예 넘어올 것 같지도 않자 초조한 반응을 보였다.

"……과거는 좀 잊죠!"

"그래. 내가 널 PK 하면 과거를 좀 잊을 수 있겠지. 그리고 우리가 널 싫어하는 것보다 한 가지 문제가 더 있는데. 넌 <파워 워리어> 길마잖아. 길마면서 은근슬쩍 혼자 올라온 플레이어인 척하지 말라고. 네 길드원이 여기 주변에 있을지 어떻게 알고?"

"저희 길드원들은 다 떨어졌어요."

양성규가 코웃음을 쳤다.

"그걸 믿으라는 소리냐?"

"잘 생각해 보세요. 저희 길드원들은 그 광고 보고 들어온 사람들이거든요? 실력이 얼마나 되겠어요?"

왠지 모르게 설득력 있는 말!

확실히 그랬다. 파워 워리어에 들어갈 정도 사람이라면 뭔가 강할 것 같지 않았다.

"그래서 연합하자고?"

"네! 최소한 저 치사한 길드들을 상대하는 동안에는!"

"자기도 시도했으면서 참 뻔뻔하지 않냐?"

"실패했으니까 됐죠! 그래서 할 건가요, 말 건가요?"

양성규는 태현에게 눈짓을 보냈다. 어떻게 할 거냐는 뜻이었다.

"해서 손해 볼 거 없죠. 대신 한 가지 더."

"……?"

"오늘 이후로 내 방송에 광고 리플 작작 달아. 한 번만 더 보이면 PK하러 갈 거니까."

"그쪽 방송이 뭔데요?"

"끝나면 알려주지."

"잠깐만요, 그러고 보니 저는 그쪽처럼 생긴 플레이어 본 적 없는 것 같은데요?"

"판타지 온라인이 얼마나 넓은데 네가 다 알겠어?"

"여기 올라올 실력에, 방송하는 플레이어는 다 알아요."

"?!"

"저는 플레이어 리스트 따로 만들어놨거든요. 메시지를 보낼 리스트."

"……."

양성규와 태현은 황당하다는 듯이 이다비를 쳐다보았다.

뭐 저런 게 다 있냐?

"그 짓을 왜 하는데?"

"100명한테 찔러보면 한 명 정도는 들어오지 않을까 싶어서요?"

"……."

"사실 그건 크게 기대 안 하고, 노이즈 마케팅이죠."

"노이즈 마케팅?"

"저희 길드가 이만큼 유명할 수 있는 이유가 뭐겠어요? 이런 식의 적극적인 홍보 덕분이라고요. 다른 식으로 했다면 사람들은 길드 이름도 모를걸요."

맞는 말이긴 했다. 〈파워 워리어〉는 이제 길드의 실력을 떠나서 나름 유명한 길드였으니까. 아까 이다비가 나타났을 때 〈파워 워리어〉 길드원이 아니면서 광고를 따라 한 플레이어들이 있을 정도였으니…….

"저희 길드는 질보다는 양이에요. 들어온 길드원들도 그걸 잘 알고 있고요. 이런 식으로 광고하는 건 다 계산을 한 거라고요."

이다비는 스스로를 자랑스러워하는 것 같았다.

태현은 떨떠름한 표정으로 고개를 끄덕였다.

"그래, 대단하네."

"그런 짓을 왜 하는 거냐?"

양성규는 영 이해가 가지 않아서 물었다. 이다비는 손가락으로 동그라미를 그렸다.

"이거 때문이죠."

"돈?"

"그래요, 돈! 판타지 온라인은 진짜 돈이 된다고요. 제가 한 달에 얼마를 버는 줄 아세요?"

"억?"

"……억이 지금 누구 동네 강아지 이름이야? 그렇게 벌 수 있을 리가 없잖아요!"

"음…… 미안. 천?"

"억이 아니라고 천?! 천보다는 조금 안 되게 벌어요. 그래도 엄청 많이 버는 거죠."

"그렇게 광고를 뿌리고 다니는데 천이 안 된다고?"

"광고 돌리고 길드 운영하는 것도 돈 들거든요? 더 크게 벌려면 투자도 해야 해요."

"너무 안 나오는 거 아닌가?"

태현의 질문에 양성규가 대답했다.

"뭐 세상 모든 사람이 다 잘 버는 건 아니니까. 이해해 줘라."

그걸 본 이다비가 살짝 울컥했다. 자기들은 얼마나 잘 벌길래!

"지금은 그렇지만 길드원 더 모이고 안정 궤도로 올라서면 아주 돈이 솟아날걸요? 몇 배로……."

"뭐, 그래. 힘내라."

태현이 전혀 반응하지 않자 이다비는 약이 올랐다. 아까까지의 흔들림 없는 태도와는 전혀 다른 모습이었다.

'돈 관련된 이야기 나오니까 사람이 바뀌네.'

태현은 그렇게 생각하며 이다비를 쳐다보았다.

"여러분 같은 고렙 플레이어는 언제나 환영이니까 생각 있으면 말하세요. 좋은 자리를 줄 수 있어요. 수입도 나눠줄 수 있……."

"됐다."

"필요 없어."

"……돈 아까운 줄 모르네요, 진짜. 됐어요. 약속이나 지키라고요."

이다비가 가자 태현은 어깨를 으쓱거렸다.

양성규는 그걸 보고 말했다.

"세상에는 이런 사람 저런 사람 있는 법이지."

"그러게요. 그보다 저런 식으로 길드 크게 굴리는 것보다 그냥 랭커 찍어서 방송사하고 계약하는 게 더 돈 많이 나오지 않나?"

"……."

이 무슨 '빵이 없으면 케이크를 먹으면 되지' 같은 말!

양성규는 태현의 뒤통수를 한 대 치려다가 참았다.

꿀꺽-

케인은 그를 노려보는 사람들의 시선을 느끼며 눈알을 굴렸다. 예선과는 달리 이 경기는 참가하지 않은 다른 플레이어들도 다 볼 수 있었다.

"저 사람이 그렇게 대단하다고?"

"혼자서 다른 사람들 전부 덤볐는데 이겼다고 하던데."

"랭커라고 하더라."

"뭐? 저 사람이 이세연이나 스미스하고 맞먹는 랭커라고?"

점점 부풀려지는 소문들! 어쩌다 보니 시작도 하기 전에 케인은 가장 많이 관심을 받게 되었다. 아발랍 총독은 그의 자리 옆에 있는 푸른색 상자를 가리켰다. 번쩍이는 빛이 참 비싸 보이는 상자였다.

"싸워라! 다른 쓰레…… 아니, 다른 모험가들을 쓰러뜨리고 강하다는 걸 입증해라!"

"방금 쓰레기라고 하지 않았냐?"

"설마……."

"승자에게는 이 상자와 도시에서의 특권이 주어질 것이니!"

뿌우우우-

나팔 소리와 함께 싸움이 시작되었다.

서로 오가는 시선들!

모두가 긴장한 채 눈빛만 보냈다.

가장 먼저 누구를 공격해야 할까?

"저놈 먼저 쳐야지. 우리 다 하고 싸워도 이길 자신 있다며?"

플레이어 중 한 명이 케인을 가리키며 말했다. 케인은 눈을 질끈 감았다. 결국 이렇게 되는구나!

그러나 모두가 그렇게 생각하는 건 아니었다.

"난 그렇게 생각 안 하는데. 쑤닝. 널 먼저 쳐야 하지 않을까?"

"……."

"네가 〈레스토랑〉 길드랑 짜고 독 요리 풀었다며? 너무 치사하지 않냐?"

〈쑤닝〉의 길마, 쑤닝에게 이빨을 드러낸 건 〈크라잉 해머〉의 길마였다. 쑤닝이 가장 위협적이라고 생각했는지, 그는 사람들을 선동해서 쑤닝을 먼저 공격하려고 들었다. 마침 〈레스토랑〉 길드가 사고 친 것 덕분에 몰아세우기도 좋았다.

"난 레스토랑 길드와 상관이 없다."

"상관이 없다니. 거기 길마가 중국인이고 너도 중국인인데 상관이 없을 리가."

"나라 같다고 다 같은 팀이냐?"

"더 친할 가능성이 높지!"

'이런…….'

쑤닝은 분위기가 점점 불리해지고 있다는 걸 느꼈다. 레스토랑 길드와 쑤닝 길드가 손을 잡았다는 증거는 없었지만, 같은 나라 출신이라는 것만으로도 충분했다.

원래 적당한 이유 하나 생기면 밟히는 곳이 이 투기장!

순간 갑자기 조용해졌다. 폭풍 전의 고요 같았다.

"쳐!"

그리고 폭발!

크라잉 해머의 길마와 다른 곳에 있던 플레이어 한 명이 재빨리 쑤닝에게 달려들었다. 경기장에 있던 사람들은 별로 놀라지도 않았다. 솔직히 이 자리에 길드 소속으로 숨은 플레이어들이 없다면 그게 더 놀라웠을 것이다.

"저 쑤닝 길드를 먼저 밟자!"

크라잉 해머 길마는 다른 플레이어들이 호응해 주기를 바라며 그렇게 외쳤다. 쑤닝 길드가 한 짓이 있으니 가능성은 충분했다.

그러나 이 자리에 있는 사람들은 보통 사람들이 아니었다.

끄덕-

태현, 케인, 양성규, 이다비까지. 모두 고개를 끄덕이더니…….

<성기사이즈킹> 길마에게 돌격!

"?!"

"길마부터 조져! 그래야 숫자가 맞아!"

같은 팀원을 얼마나 데리고 있을지 모르니 일단 길마부터 조진다!

쑤닝 길드와 크라잉 해머 길드는 서로 싸우고 있으니 지금은 내버려 둬도 됐다.

"이, 이런…… 나와! 나와서 막아!"

졸지에 4:1로 상대하게 된 〈성기사이즈킹〉 길마는 다급하게 길드원을 불렀다.

뒤에서 아닌 척하고 있던 길드원은 급하게 버프를 걸더니 돌격하기 시작했다.

"케인. 막아라."

"알고 있다!"

케인은 달려드는 성기사에게 덤벼들었다. 굳이 잡을 필요는 없었다. 저 길마를 잡을 때까지 시간만 벌면 됐다.

"이 자식들이 진짜…… 정말 죽고 싶냐?"

〈성기사이즈킹〉 길마는 협박을 했지만 여기서 그 협박이 먹힐 사람은 아무도 없었다.

'시간을 끌어야 해!'

성기사이즈킹 길마는 뒤에서 케인에게 막힌 길드원을 보며 방패를 들었다. 성기사 영웅 직업을 갖고 있는 그였다. 작정하고 버틴다면 꽤나 끈질기게 버틸 수 있었다.

'저놈이 가장 위험해 보이는데…….'

그가 가장 위협적으로 느낀 건 양성규였다. 이다비는 파워워리어 길드의 길마였지만 본인 능력은 솔직히 별로 대단해 보이지 않았고, 태현은 겉으로 보기에는 별거 아니었다.

콰광!

결국 그가 견제하기로 마음먹은 건 양성규! 검에서 빛의 파동이 뿜어져 나오더니 양성규를 향해 쏘아져 나갔다.

그러자 이다비와 태현이 달려들었다. 길마는 이다비의 공격을 방패로 막고 태현의 공격을 몸으로 견디려 했다.

그러나 그 공격은 몸으로 받고 견딜 만한 게 아니었다. 태현은 피식 웃었다.

저렇게 대놓고 무방비하다니. 이렇다면 성기사가 아무리 단단하고 생명력이 높아도 한 번에 끝낼 수 있었다.

파파파파파파팍!

미친 듯이 들어가는 스킬 콤보!

[현재 체력으로 감당할 수 없는 대미지를 입었습니다. 스턴 상태에 빠집니다.]

[장비의 내구도가 내려갑니다.]

[움직일 수 없습니다.]

"?!?!?!"

놀랄 틈도 없이다음 공격이 들어왔다.

길마는 이다비가 이렇게 강했나 경악했다.

'말도 안…….'

그러나 이다비는 방패 위를 공격하고 있었다. 그제야 길마는 이 대미지가 어디서 왔는지 깨달았다.

"너, 너 누구……."

[HP가 0으로 내려가 투기장에서 탈락합니다.]

이다비는 순간 놀란 눈으로 태현을 쳐다보았다. 3: 1로 공격하고 있기는 했지만 이건 너무 빨랐다.

양성규는 지금 공격을 하지 않았으니 지금 〈성기사이즈킹〉 길마가 죽은 건 순전히 태현이 넣은 대미지 때문!

'이 사람…… 누구지?'

이런 플레이어는 어지간해서 유명할 수밖에 없었다. 그런데 태현의 모습은 본 적이 없었다. 이다비의 머릿속이 바쁘게 돌아갔다.

그녀는 태현과 눈이 마주치자 흠칫 놀랐다.

"왜, 지금 날 공격해야 할 거 같아?"

"무, 무슨 소리. 그런 생각 조금도 안 했는데요. 우린 친구잖아요. 그렇죠?"

태현의 강함을 보자 자연스럽게 솟아나는 우정! 이다비는 무기를 내리고 전혀 적대심이 없다는 걸 보여주려 애썼다.

"하하. 그래?"

"물론이야. 친구, 친구! 우리 친구 등록도 할까요?"

"그 정도까지는 아니고."

둘이 서로 가식적인 대화를 나누는 사이 양성규는 케인이 상대하는 성기사에게 덤벼들어서 손쉽게 쓰러뜨렸다.

"다음은 어떻게 할 거냐? 이제 우리 넷은 한 팀으로 인식이 된 거 같은데."

양성규의 말대로였다. 이미 넷이 같이 움직인 이상, 넷이 한 팀이라고 여겨질 수밖에 없었다.

그러나 견제는 없었다. 다들 자기들끼리 싸우고 있었기 때문이었다.

콰콰쾅! 콰쾅!

투콱!

"혼의 일격!"

"연속 삼단 베기!"

"파워 샷!"

쑤닝 길드와 크라잉 해머 길드는 아예 대놓고 붙고 있었다. 한두 명씩 싸우다가 싸움이 본격적이 되자 숨어 있던 다른 플레이어들도 정체를 드러내고 나온 것이다.

'두 길드가 가장 많이 내보냈군.'

4vs5!

두 길드가 합하면 9명이나 되는 인원이었다. 얼마나 투자를 했는지 알 수 있었다.

"가장 큰 놈들이 싸우고 있으니…… 남은 놈들을 치자."

"그거 아주 좋은 생각이야."

"?!"

두 길드의 싸움을 강 건너 불구경하고 있던 남은 개인 플레이어들은 4명의 말에 깜짝 놀랐다.

"잠, 잠깐……!"

"저기 길드! 저기 길드 싸우잖아! 우리는 길드 소속 아닌……!"

그러나 개인 플레이어들의 말을 들어줄 정도로 태현 일행이 친절한 성격은 아니었다. 그들은 허겁지겁 연합해서 싸워보려고 했지만 너무 늦었다. 그전에 넷은 한 명 한 명씩 빠르게 쓰러뜨렸다.

"이제 저 길드 중에서 이긴 놈을 치면 되는 건가?"

"그렇지."

"지금 끼어드는 건 어때?"

"괜히 둘이 팽팽하게 싸우는데 들어가지 말자고. 굳이 삼파전으로 갈 이유가 없는데."

"이미 삼파전 된 거 같은데. 쟤네들도 멈췄어."

초반의 혼란스러움은 사라지고, 경기장 안은 어느 정도 분위기가 잡혀 있었다.

쏘닝 길드와 크라잉 해머 길드가 아직도 싸우고 있었고, 나머지 인원들은 전원 탈락한 상태. 그 때문에 쏘닝 길드와 크라잉 해머 길드도 싸우는 걸 잠깐 멈추고 태현 일행을 쳐다보고 있었다.

여기서 더 싸웠다가는 당할 수도 있다는 걸 깨달은 것이다.

태현은 한숨을 내쉬며 어깨를 으쓱거렸다.

"지금 처리해야 하나."

양성규가 의아하다는 듯이 물었다.

"누구를? 쏘닝? 크라잉 해머?"

"아뇨. 아저씨요."

푹!

[치명타가 터졌습니다!]

"?!?!?!"

동시에 양성규의 등을 매섭게 후려치는 케인의 일격!

"야 이 자식아!"

"아저씨도 저 뒤통수치려고 했을 텐데요? 아니라고 부정은 못 할 겁니다!"

"그래도 난 다 끝나고 하려고 했다!"

양성규는 욕설을 내뱉으며 피하려고 했다. 갖고 있는 아이템을 쓸 시간을 벌려면 거리가 있어야 했으니까. 그러나 양성규를 잘 알고 있는 태현은 시간을 주지 않았다.

-현질을 더럽게 많이 한 양반이니까 기회 주지 마라! 바로 쳐!

-오케이!

케인과 합을 맞춰서, 태현은 양성규에게 폭딜을 넣었다. 양성규는 필사적으로 저항했지만 처음에 받은 기습이 너무 강했다. 양성규의 눈이 각오한 듯이 빛났다.

"애들아!!!!"

"?!"

"이 자식 김태현이다!!!!"

"……젠장!"

마지막 말과 함께 양성규가 투기장에서 탈락했다.

흥미진진하게 보고 있던 사람들은 양성규의 말에 경악했다.

"김태현이라고?"

"얼굴이 다른데……."

"아이템 쓴 거 아냐?"

-야. 어떡해?

-뭘 어떡해. 이미 늦었지.

다행스럽게도 쑤닝 길드와 크라잉 해머 길드는 싸우느라 정신이 없었다. 태현이 양성규를 공격하는 순간 그들도 다시 싸움을 시작한 것이다.

태현이 노린 대로였다. 싸움을 멈췄어도 조금만 자극하면 다시 싸우게 되어 있었다.

"김태현이었어요????"

이다비는 떨리는 손으로 케인을 가리켰다. 케인은 어이가 없다는 듯이 대답했다.

"나 말고 이 자식이거든?"

"아. 여기였구나. 너무 평범해서……."

"그렇게 보이려고 위장했으니까."

태현은 그렇게 말하면서 한 걸음 앞으로 다가섰다. 이다비는 본능적으로 위험을 느끼고 두 걸음 뒤로 물러섰다.

"왜 물러서?"

"그…… 그냥요?"

"친구잖아. 가까이 있어야지."

"……나 공격할 거예요?"

"응."

"무…… 무승부로 하지 않을래요?"

태현은 대답 대신 검을 들었다.

이다비는 급하게 손을 흔들었다. 원래 우승을 위한 계획이 있기는 했지만 태현이라면 이야기가 달랐다.

목표 급변경!

“알겠어요! 우승 포기할 테니까 협상, 협상하죠!”

“내가 우승하고 너는 탈락하는 협상 좋지.”

“그런 협상 말고 돈 들어가는 협상! 골드만 주면 뭐든지 하라는 대로…….”

“이런, 뒤! 쑤닝 길마!”

“?!”

이다비는 급하게 몸을 돌렸다. 그 순간…….

퍼퍼퍼퍼퍽!

케인은 태현과 같이 때리면서 부끄럽다는 듯이 얼굴을 돌렸다.

‘이 자식은 랭커면서 왜 치사한 방법을 쓰는 거야?!’

정면으로 싸워도 충분히 실력이 되는 놈이 굳이 이런 방법을 쓰는 이유가 이해가 가지 않았다.

“너……!”

-녹인 황금의 저주!

“?!”

파워 워리어라는 길드 이름과 이다비의 장비 때문에 그녀가 전사라고 생각하고 있었다.

그러나 이런 저주 스킬은 전사가 쓰는 스킬이 아니었다. 태현의 회피마저 뚫어버리는 강력한 저주 스킬!

[녹인 황금의 저주에 당했습니다. 움직일 수 없습니다.]

대미지는 없지만 발을 완전히 묶는다는 점에서 생각보다 훨씬 대단한 스킬이었다.

이다비는 태현의 발목을 잡고 협상에 들어서려고 했다.

일단 여기까지 온 이상 뭐라도 받아낸다!

지금 한시가 바쁜 상황에서 이런 저주는 치명적이었다.

이다비는 헉헉대며 외쳤다. HP가 너무 많이 깎여 있었다. 태현의 공격력이 생각보다 훨씬 더 강력했던 것이다.

'대체 레벨이 몇이야?!'

"골드 내놔요! 골드 내놓으면 풀어줄게요!"

"그냥 죽이면 될 거 같은데?"

"안 풀리거든요?!"

"일단 죽이고 생각하도록 하지!"

그러나 이다비가 하나 놓친 게 있었다. 원래 태현은 협박을 하면 두 배로 받아치는 사람이라는 것!

-케인, 여기로 몰아붙여라.

케인이 이다비를 튕겨내자 태현의 사정거리 안으로 이다비가 들어왔다.

“진짜 이런 무식한…… 으아앗!”

이다비도 로그아웃!

그러나 녹인 황금의 저주는 풀리지 않았다. 태현은 발목을 잡고 있는 금색 손을 보았다.

-어떻게 하냐?!

-뭐 이렇게 싸워야지. 어차피 이러고서도 피할 수 있으니…… 그나저나 저거 직업이 뭐야? 전사가 아닌 거 같은데.

-지금 그거 신경 쓸 때냐? 쑤닝 길드가 이겼어! 그것도 세 명이나 남았다고!

-걱정 마라. 방법이 있으니까.

쑤닝 길드는 4대5라는 불리한 상황을 뒤엎고 3명이나 살아남았다.

2명인 태현과 케인. 게다가 태현은 발까지 묶인 상황이었다. 아무리 봐도 불리했다.

그러나 케인은 태현이 자신만만하게 말하자 살짝 안심했다. 태현이 이런 곳에서 허언을 하는 사람은 아니었으니까.

-먼저 가서 공격해.

-뭐? 여기서 싸우는 게 낫지 않나?

-아냐. 먼저 가서 공격해. 그리고 방어는 신경 쓰지 말고 무조건 공격만 해라. 상대방 HP를 깎는 것만 집중해.

-왜?

-하라는 대로 해 이 자식아.

-……설명 좀 하면 어디가 덧나냐?!

케인은 투덜거리면서도 돌격했다. 태현과 케인을 보며 견제하고 있던 쑤닝 길드원들도 케인이 돌격하자 맞서서 달려 나왔다.

"혼자 나왔다! 먼저 끝내고 저 김태현을 상대하자!"

김태현이라는 걸 알게 된 이상 쑤닝은 방심할 생각이 없었다. 일단 케인을 빠르게 끝내고 3대1이라는 이점을 살려서 공격할 생각이었다.

마침 케인이 혼자 달려 나온 상황!

콰콰쾅!

-피와 분노의 돌격!

-끓어오르는 진홍의 피!

-전투 함성!

-피의 대가!

케인은 태현을 믿고 공격에 올인했다.

쑤닝 길드원들은 케인의 기세가 심상치 않자 당황했다.

'이 자식 뭐 잘못 먹었나?!'

케인이 죽으면 태현은 혼자 남았다. 태현에게 걸린 저주가 풀리려면 시간을 벌어야 했다. 그런데 이놈은 아무 생각이 없는지 방어는 포기하고 미친 듯이 공격만 해왔다.

자칫하면 바로 쓰러질 수 있는 위험한 도박!

그러나 허를 찌른 게 정확하게 맞아떨어졌다. 케인의 공격을 겁낸 쑤닝 길드원들은 일단 방어 태세로 돌아섰다.

조금 막다 보면 기세가 떨어지겠지!

"견뎌라! 놈을 보니 HP를 깎아서 스킬을 쓰고 있다!"

이런 식의 도핑 계열 스킬에 대해서는 그들도 아주 잘 알고 있었다. 순간적으로는 좋았지만 오래 가면 떨어질 수밖에 없었다.

-칼날 솟아오르기!

"크아악!?"

"이거 뭐야?!"

"김태현! 김태현 맞다! 기계공학이야 저거!"

케인의 갑옷에서 칼날이 솟아오르자 사람들은 환호성을 내질렀다.

"김태현! 김태현!"

"싸우고 있는 건 나거든?!"

케인은 억울해서 외쳤다. 지금 HP 아슬아슬하게 깎아가면서 싸우고 있는 게 누구인데…….

"잡았다!"

"이익…… 로켓 발사!"

투콰!

"뭐 이런 갑옷이 다 있냐?!"

케인의 뒤를 잡았던 길드원은 갑자기 튀어나오는 공격에 넉백을 당하고 이를 갈았다.

-고블린 식 레이저 포! 회전 칼날 뿔!

"저 미친놈 대체 갑옷에 뭘 넣고 다니는 거냐?!"

"둘러싸서 패! 둘러싸서 패!"

케인의 기세와 생각지도 못한 스킬 덕분에 쑤닝 길드원들은 혼란스러워했다. 그러나 그것도 한계가 있었다. 쑤닝 길드는 얻어맞으면서도 삼각형을 만들어 케인을 포위했다.

-야! 나 이제 위험해! 어떡해야 하냐!

-잘했다.

-잘한 건 알고 있고! 어떡해야 하냐고!

-그냥 가만히 있어도 돼.

-?

태현은 대답 대신 스킬을 작동시켰다.

콰콰콰콰콰콰쾅!

순간 케인을 중심으로 터져 나오는 폭발!

"야 이 개ㅅ……!"

케인은 말이 끝나기도 전에 HP가 0으로 떨어져 투기장에서 탈락했다.

지켜보던 사람들은 수군수군!

"방금 개ㅅ…… 라고 하지 않았나?"

"잘못 들은 거 아냐?"

"쑤닝 길드한테 한 말이겠지. 이 ×××들아! 나는 절대 항복 안 한다!"

"캬, 죽더라도 항복 안 하고 싸운다 이건가? 멋있는데?"

"김태현하고 같이 다니면 그 케인 아냐? 전 레드존 길마."

"소문에는 개과천선했다던데…… 근데 대체 뭘 어떻게 했길래 사람이 착해지냐?"

"그러게 말야. 김태현이 뭐 어떻게 했길래 그렇게 됐는지 모르겠네."

자리에 모인 사람들은 갑자기 나타난 김태현과 케인에 대해서 떠들어댔다. 이것만큼 흥미로운 주제도 없었다.

"그것도 모르냐?"

"……?"

"뜨거운 진심이지! 김태현이 케인을 쓰러뜨리고 진심을 담아서 설교했다잖아. 더 이상 이렇게 살지 말아라, 판타지 온라인 2는 그렇게 하지 않아도 즐길 게 많다, 다른 사람을 해치지 마라…… 그 뜨거운 진심에 케인도 넘어갔다는 거지!"

"……그게 말이 되나?"

"아냐. 그럴듯하지 않아?"

"그, 그래? 아무리 봐도 말이 안 되는 소리 같은데……."

투기장에서 탈락당한 케인이 들었다면 대검을 휘두르며 달려왔을 소리!

태현은 씩 웃으며 케인이 자폭한 곳을 쳐다보았다. 두 명은 탈락했고 한 명만 남아 있었다. 그 한 명도 폭발의 여파로 비틀거리고 있었다.

"이, 이런 말도 안 되는……."

"음모는 이렇게 꾸미는 거다."

태현은 말과 함께 롱소드를 정확하게 던졌다.

쇄-!

롱소드 <유성>이 정확하게 마지막 쑤닝에게 꽂히자, 쑤닝은 회색으로 변하며 쓰러졌다. 그리고 투기장에서 탈락!

온갖 복잡한 음모가 다 얽혀 있었지만, 아발랍 시 투기장의 최종 승자는 결국 태현이었다.

[아발랍 시 총독 투기장에서 우승했습니다.]

[명성이 500 오릅니다.]

[칭호: 아발랍 시 투기장 우승자를 얻습니다.]

[레벨이 1 오릅니다.]

'?!?!?!'

태현은 깜짝 놀랐다. 생각지도 못한 레벨 업!

'아니…… 확실히 이 규모 투기장에서 우승하는 건 난이도가 있긴 한데…….'

생각지도 못한 선물을 받은 기분!

태현은 갑자기 기분이 좋아졌다. 마치 오랜만에 입은 바지 주머니에서 만 원짜리가 나온 것 같았다.

칭호: 아발랍 시 투기장 우승자

아발랍 시 투기장 우승자: 강한 자가 살아남는 게 아니라, 살아남는 자가 강한 투기장에서 우승한다는 건 아무나 할 수 있는 일이 아닙니다.

투기장 관련 NPC를 상대할 때 특정 반응 일어남. 검술 스킬에 보너스, HP가 10% 미만으로 내려갈 시 체력, 지구력 스탯에 보너스. 스킬 <맹독 살포> 사용 가능, 스킬 <의심암귀> 사용 가능.

'응?'

칭호는 좋았다. 그런데 칭호 보상으로 나온 스킬이 좀 이상했다. <맹독 살포>에 <의심암귀>라니.

'보통 투기장 우승 보장 스킬이면 검술이나…… 마법같이 우승자한테 맞춰서 스킬이 나오지 않나?'

의아해하던 태현은 무언가 깨달았다.

'아…….'

보상 스킬은 투기장에서 우승한 방식! 그리고 태현이 우승한 방식은…….

'아니, 검도 썼는데 왜 맹독 살포에 의심암귀 같은 스킬을 주는 거야? 솔직히 결승전에서는 독도 거의 안 썼는데.'

태현은 뻔뻔하게도 그런 생각을 하고 있었다.

<맹독 살포>

독을 안개로 만들어주변에 뿌립니다. 레벨이 높아질수록 조종 가능한 범위가 늘어납니다.

<의심암귀>

적의 시야와 소리를 차단합니다. 레벨이 높아질수록 지정 가능한 숫자가 늘어납니다.

불평하기는 했지만, 두 스킬은 투기장 우승 보상 스킬답게 강력한 스킬이었다. 게다가 <맹독 살포>같은 스킬은 태현과 궁합이 좋았다. 독 관련 스킬을 쓸 때는 일단 자기가 걸리지 않을 방법을 만들어놔야 했다. 광역기로 쓸 때는 더더욱.

그러나 태현은 어지간한 독은 행운으로 회피가 가능한 상황. 그냥 닥치는 대로 뿌리면 됐다.

두 스킬 다 일대다 전투에서 쓸 만한 스킬들!

"김태현! 김태현! 김태현!"

투기장에서 나와 총독 앞의 계단을 걸어 올라가는 태현에게, 자리에 모인 플레이어들은 열렬하게 환호했다.

'그' 김태현을 이렇게 직접 보게 되다니!

별생각 없이 구경하러 왔다가 요즘 제일 잘 나가는 플레이어 중 한 명을 보게 된 사람들은 열광했다.

물론 열광하는 사람들만 있는 건 아니었다.

"개자식!"

"죽어라!"

"너 이 ××. 얼굴 딱 봐놨어. 오늘 여기서 살아서 못 나갈 줄 알아라!"

태현에게 당해서 탈락한 플레이어들의 협박!

"우우! 김태현 죽어라!"

-죽고 싶냐?

"?!"

그 플레이어들 사이에 숨어서 태현을 욕하던 케인은 깜짝 놀랐다. 사람이 많아서 욕해도 안 들킬 줄 알았는데, 자기 욕하는 사람 찾는 건 귀신같은 태현이었다.

-아, 아니…… 그냥 가만히 있으니까 눈치가 보여서……

-헛소리하지 말고.

"태현이 너 이 자식! 나한테 이럴 수가 있냐!"

양성규가 크게 외쳤지만 태현은 시선을 돌리고 휘파람을 불었다. 태현에게 따지는 사람은 양성규만이 아니었다.

"앞으로 그쪽 방송이란 방송에는 무조건 도배할 거예요!"

"거기 이미 차단당하지 않았나?"

"아이디는 수십 개 넘게 갖고 있거든요!?"

이다비는 씩씩대며 손가락질했다.

태현은 어이가 없어서 헛웃음을 터뜨렸다. 그러나 패배자들의 불평은 오래 가지 못했다. 다른 사람들의 목소리에 순식간에 뒤덮인 것이다.

"김태현! 여기 좀 봐줘!"

"태현 님! 기계공학 스킬 좀 가르쳐 주세요! 뭐든지 할 테니까!"

"직업 뭐야? 무슨 직업인지 알려줘! 얼마면 돼?! 얼마면 되냐고!"

"모두 조용!"

총독의 병사가 크게 외치자 사람들은 멈칫했다. 자리에 앉아 있던 총독이 일어서며 손뼉을 쳤다.

"훌륭해. 김태현 백작. 역시 하찮은 쓰레기들…… 아니, 모험가들과는 격이 다르군."

"주인님. 속마음이 그대로 나오고 계십니다."

"그래? 상관없다."

총독의 말을 들은 플레이어들이 웅성거렸다.

총독이 저런 NPC였나? 괜찮은 NPC인 줄 알았는데…….

“이 내가 주최한 투기장의 우승자로 그나마 격이 맞는 사람이 나와 기쁘군. 여기 이 상자를 가져가게.”

“고맙게 받지.”

아발랍 시 투기장 우승자를 위한 보물상자:

안에 뭐가 들어 있을까요?

화려하게 장식된 보물상자. 아이템을 확인한 태현은 곱게 가방에 집어넣었다.

뒤에서 쏟아지는 눈빛은 이제 거의 화살 수준!

‘뭐가 들어 있을까?’

‘아, 진짜 부럽다……!’

‘×××! 죽인다! 죽인다!’

굳이 이 자리에서 열 필요는 없었다. 태현은 상자를 넣고 다음 보상을 기다렸다. 사실, 태현이나 이 보물상자를 기대했지 대형 길드나 플레이어들은 다른 보상을 더 기대했다.

이 도시에서의 특권!

총독 밑의 자리를 얻고, 도시에서 권력을 얻은 다음 차츰차츰 올라가면……. 언젠가는 나도 귀족!

모두가 꾸고 있는 꿈이었다. 그렇기에 이미 영지도 있는 태현이 갑자기 튀어나와서 받아가자 그 질투는 아주 뜨겁게 타올랐다.

"그리고 도시에서의 자리가 있는데……."

"기쁘게 받지."

"그대는 이미 귀족 아닌가?"

"뭐, 감투는 많으면 많을수록 좋잖아."

태현은 속으로 생각했다.

'비싸게 팔아먹어야겠군.'

태현은 이 자리 하나 가지고 여기 모인 대형 길드들과 플레이어들은 조종할 자신이 있었다.

혓바닥의 달인!

양성규는 히죽 올라간 태현의 입가를 보고 속으로 생각했다.

'저놈 표정이 뭔가 불안한데.'

어렸을 때부터 싹수가 보였던 태현이었다. 남들이 동화를 읽을 때 '트로이의 목마' 이야기를 읽고 '저도 언젠가는 사과 한 개로 신들을 싸움 붙여보고 싶어요!'라고 천진난만하게 말했던 꼬마!

'보통 그런 감상이 나오나?'

양성규의 불안과는 상관없이, 총독은 태현에게 검을 내밀었다.

"그렇긴 하지. 자, 여기 부관을 증명하는 검을 주겠네."

"!!"

다른 플레이어들의 눈이 크게 떠졌다. 총독 부관이라니.

생각보다 더 높은 자리였다. 총독의 바로 밑 아닌가!

'이런 개……!'

기껏 공을 들였더니 태현에게 그 과실을 빼앗기게 될 상황에 처한 길마들의 표정이 붉으락푸르락하게 변했다.

"그런데 미안하게 됐군."

총독은 아무렇지도 않게 말했다. 그 순간 태현은 매우 불안해졌다. 보통 악당들이 저런 대사와 함께 준비한 일들을 시작하지 않는가!

다 좋으니 태현이 떠난 다음 해줬으면 했다. 태현은 권능만 얻고 얌전히 갈 생각이었으니까.

그러나 총독은 그럴 생각이 전혀 없는 것 같았다.

"아, 이러지 말자."

"그대가 마음에 들긴 하지만……."

"야, 이러지 말자니까. 나 바로 도시 떠날 테니까 그다음에 해라."

태현이 말했지만 총독은 듣지도 않았다.

"……이미 계획한 건 어쩔 수 없지. 그대도 내 군대에 들어오면 될 테니 문제는 없을 터. 섭섭하지 않게 대해주지."

"아놔, 진짜."

"내 정체를 이제 슬슬 알게 될 것이다."

"이미 알고 있거든?"

"그렇다! 내 정체는 바로……."

총독의 목소리가 갑자기 커져서 투기장 전체에 울릴 정도로 바뀌었다.

-악마 에다오르다!

콰콰콰쾅!

총독의 인간 형태의 몸이 사라지더니 거기서 붉고 거대한 근육질의 악마가 나타났다. 상반신 뒤에는 네 겹의 날개가 펄럭거리고 머리에서는 불꽃 튀는 뿔이 솟구친, 그야말로 전형적인 악마!

"?!?!?!?!"

"뭐야 ××?!"

플레이어들은 상 주다 말고 갑자기 악마로 변신한 총독을 보고 깜짝 놀랐다. 이게 대체 무슨 일?

[악마 에다오르가 그의 군세를 소환합니다.]

[투기장 가운데에 마계의 문이 열립니다.]

[모두 도망치십시오!]

다들 당황했지만, 판타지 온라인 2를 하면서 이런 갑작스러운 강제 이벤트가 처음은 아니었다. 일단 일어나서 도망갈 준비를 했다. 그러나 모두 도망칠 수 있는 건 아니었다.

[에다오르의 술을 마셨습니다. 도망칠 수 없습니다.]

[에다오르의 군세에 강제로 끌려갑니다.]

"?!?!?!"

투기장 결승전에 참가했던 플레이어들은 앞에 뜨는 메시지창에 경악했다.

화아아악-

몸이 검은색으로 빛나더니, 강제로 에다오르의 군세에 참가하게 된 것!

[에다오르의 군세에 들어왔습니다. 에다오르의 명령에 따라 공을 세우십시오.]

[많은 공을 세울 시, 에다오르의 보상을 받을 수 있습니다.]

[현재 공적 포인트: 0]

〈에다오르의 이름으로-악마의 군세 퀘스트〉

당신은 에다오르의 음험한 계략에 빠져 강제로 그의 군세에 참가하게 되었다.

그 미래가 어떻게 될지는 모르지만 지금 당신은 에다오르의 부하다.

공을 세워서 에다오르에게 당신의 가치를 입증해 보여라.

보상: ?, ??

"말, 말도 안 돼……!"

"이게 뭐야! 이게 뭐냐고!"

갑작스러운 메시지창에 어지간히 경험 많은 플레이어들도 당황스러워했다. 갑자기 보스 몬스터가 튀어나오는 건 그렇다 쳐도, 그의 부하로 끌려가게 되다니!

게다가 술을 마신 건 평범한 플레이어들이 아니었다. 길마들이나 길드의 고렙 플레이어들이었던 것이다.

충격이 더 클 수밖에 없었다.

-길마님! 어떻게 된 겁니까?

-길마님, 지금 뭘 해야 하죠?

각자의 길드 채팅창은 혼란 그자체!

졸지에 길드원들과 싸우게 된 길마들은 당황해서 외쳤다.

-일단 튀어라! 일단 튀어!

에다오르는 만족스러운 얼굴로 부하가 된 플레이어들을 쳐다보았다.

"크하핫! 그래도 쓸 만한 놈들이 걸렸군. 가서 다른 놈들의 목을 갖고 와라!"

"싫, 싫다면요?"

콰직!

"뭐라고 했냐?"

에다오르의 손가락에서 시뻘건 빛이 솟구치더니 땅을 그대로 박살 냈다.

[에다오르의 속박이 당신을 묶습니다.]

[저항할 수 없습니다.]

"……꼭 하고 싶어요! 하게 해주세요!"

"크핫핫! 아주 좋다!"

[에다오르의 명령을 듣지 않을 경우 페널티가 따라올 수 있습니다.]

[반항을 할 때 주의하십시오.]

에다오르의 군세에 강제로 끌려간 플레이어들에게 메시지

창이 떴다. 모두의 얼굴이 검게 변했다.

한마디로 술 한 잔 마셨다가 사기 계약에 강제로 당한 상황. 게다가 지금 당장은 피할 방법도 없었다.

"에다오르 만세! 에다오르 만세!"

"크하하핫. 더 떠들어 보거라, 인간이여!"

[에다오르가 당신을 가상하게 여깁니다.]

이다비가 양손을 번쩍 들며 에다오르를 찬양하자 다른 플레이어들은 어이가 없다는 표정을 지었다.

지금 저게 뭐하는 짓?

그렇지만 태현은 감탄했다. 여기 모인 사람 중에서 가장 빨리 머리가 돌아간 것이다. 일단 빠져나갈 방법이 없다면 현재 상황에서 최선을 다해야 하는 게 옳은 방법!

악마의 군세에 들어갔다고 해서 당황해서 가만히 있을 이유가 없었다.

'생각해보니 그냥 술을 마실 거 그랬나?'

태현은 살짝 부러운 마음을 느꼈다. 악마의 군세에 들어가서 퀘스트라니. 분명 속 시원하게 도시를 파괴하고 다른 플레이어들을 공격하는 퀘스트가 나올 게 분명했다.

싫어하는 놈도 패고 악마한테 보상도 받고, 태현한테는 안

성맞춤인 퀘스트!

-주인이여. 무슨 생각을 하고 있나?

-나도 들어갈 수 없나 하는 생각을 하고 있었는데.

-무슨 소리인가! 화신이 어떻게 악마의 군세에 들어가나!

-요즘은 글로벌 시대라고. 악마라도 조건이 괜찮으면 들어갈 수도 있지. 잠깐. 방법이 있을 것 같은데.

-주인이여! 주인이여!

에다오르는 발을 구르더니 크게 외쳤다.

"이 투기장에 끓어 넘치는 감정! 내게는 진미와도 같도다! 내 노예들아, 살아 있는 놈들의 목숨을 갖고 와라! 놈들의 고통을 갖고 와라!"

〈살아 있는 것들을 공격하라-악마의 군세 퀘스트〉

에다오르는 당신에게 살아 있는 것들의 목숨을 가져오라고 명령했습니다. 살아 있는 것의 목숨을 가져오십시오.

많이 가져올수록 에다오르가 기뻐합니다.

보상: ?

'정말 부러운데?'

태현이 부러워하는 사이 이다비는 가장 먼저 움직였다.

"에다오르 님! 저한테 부하를 주시면 살아 있는 놈들의 목숨을 당장 가지고 올게요!"

"크하핫. 좋다! 김태현 백작. 그대 생각은 어떤가?"

태현은 그제야 확신할 수 있었다. 에다오르는 그가 술을 마셨다고 생각하고 있었다!

에다오르가 태현에게 말을 걸자 모두의 시선이 태현에게 모였다. 지금 투기장에 있던 대부분의 플레이어들은 도망가고, 남은 것들은 결승전에 참가했다가 졸지에 술 먹고 에다오르의 군세로 참가하게 된 플레이어들뿐. 그리고 결승전에 참가했던 플레이어들은 모두 태현한테 당한 게 있었다.

쏟아지는 원한 섞인 눈빛!

'저 자식부터 죽일 수 있으면 좋겠는데.'

'저놈 죽이면 에다오르가 뭐라고 하려나? 에다오르가 저놈 좋아하는 거 같았으니…….'

다른 사람들은 아직 모르고 있었다. 태현과 케인이 술을 마시지 않았다는 것을.

태현은 주변을 둘러보았다. 더럽게 강해 보이는 에다오르와 투기장 가운데에서 마계의 문을 열고 나오는 악마 부하들. 그리고 그를 노려보는 다른 플레이어들까지.

지금 필요한 건?

"에다오르 님 충성충성충성!"

"크핫핫! 좋다. 김태현 백작. 하찮은 인간 중에서는 그대가 그나마 낫구나!"

[에다오르를 속이고 그의 군세에 들어갑니다.]

[명성이 오릅니다.]

[에다오르는 절대적인 충성심을 중요시하는 악마입니다. 술을 마시지 않은 것이 발각될 경우 에다오르가 분노할 것입니다.]

[에다오르의 친밀도가 오릅니다.]

악마와도 친목질을 하는 태현!

옆에서 케인이 어이가 없다는 표정으로 태현을 쳐다보았다. 지금 당장 도망가야 할 상황에 지금 뭐하는 거란 말인가?

-야, 안 튀냐? 우린 술도 안 마셨잖아.

-지금 튀면 난 몰라도 넌 확실히 죽을 텐데. 너 지금 너 노려보는 놈들 안 보이냐?

태현이야 미친 회피력을 갖고 있었지만 케인은 아니었다.

도망치는 순간 쏟아질 집중공격! 게다가 이다비도 있었다.

투기장 결승전에서 이상한 스킬로 태현의 발목을 잡은 그녀.

태현도 재수 없으면 그냥 훅 갈 수 있었다.

'그렇구나!'

케인은 그제야 태현이 뭘 노리고 있는지 깨달았다. 지금 가장 안전한 건 에다오르의 부하인 척하는 것! 에다오르는 이상할 정도로 태현을 좋아하고 있었으니까.

이다비는 경쟁자를 쳐다보는 눈빛으로 태현을 쳐다보았다. 벌써부터 에다오르의 사랑을 받는 태현은 가장 큰 경쟁자!

"왜 그런 눈으로 쳐다보냐?"

"투기장에서 했던 것처럼은 안 될 거거든요?"

"하하. 무슨 소리야. 내가 뭘 했다고 그래. 우리 친구잖아? 친구."

"친구는 무슨! 친구는 뒤통수를 치지 않거든요!?"

"너도 끝까지 갔으면 날 공격했을 거면서."

"……."

이다비는 입을 다물었다. 확실히 그건 그랬으니까.

"그리고 나랑 친하게 지내는 게 좋을 텐데."

"……?"

"쟤네들이랑 친하게 지낼 수 있겠어?"

태현은 손가락을 들어 뒤를 가리켰다. 활활 타오르는 눈빛으로 그들을 노려보고 있는 쑤닝, 성기사 이즈 킹, 크라잉 해머 길마들!

투기장 결승전에서 태현과 같이 깽판을 쳤기에 이다비도 거기서 자유로울 수 없었다.

"그래서 혼자 행동할래? 뒤통수가 좀 따가울 거 같은데."

"……아뇨! 친구잖아요! 같이 행동하죠!"

"역시. 그럴 줄 알았어. 친구!"

"아하하. 친구! 친구예요!"

이다비와 태현의 대화를 옆에서 듣던 케인은 고개를 절레절레 저었다.

'여기서 도망치고 싶다…….'

"태현아."

"아. 아저씨."

"……나한테 뭐 할 말 없니?"

양성규는 태현을 빤히 쳐다보며 물었다.

"다음부터는 좀 더 빨리 행동하셔야 할 거 같습니다?"

"이 녀석이 말이나 못 하면…… 됐다. 어떻게 할 거냐?"

양성규는 뻔뻔한 태현의 얼굴을 보고 따지는 것을 포기했다. 얼굴에 두꺼운 철판을 달고 다니는 녀석이라 이런 걸로는 흠집도 가지 않을 터.

"에다오르가 하라는 대로 해야죠. 안 하면 페널티잖아요?"

"끄응…… 그 술이 그런 아이템인 줄은 몰랐는데……."

"쯧쯧. 아주머니께서 술 끊으라고 하셨을 때 끊으셨어야죠. 술 진작 끊었으면 이런 꼴 안 당했잖습니까."

"그거랑 이거랑 같냐? 잠깐. 잠깐만."

양성규는 무언가를 떠올리고는 퍼뜩 당황했다. 그리고 태현의 어깨를 잡고 속삭였다.

"너 이 녀석 술 안 마셨잖아!"

"이런. 기억력도 좋으셔라."

양성규는 태현이 술을 안 마시고 가방에 몰래 집어넣었던 걸 기억하고 있었다. 뭔가 수상하다 싶었는데 이런 거였구나!

"너, 무슨 생각을 하고 여기 있는 거냐?"

"다짜고짜 튀는 것보단 여기 있는 게 더 이득이니까 여기 있죠."

"……!"

양성규는 태현이 무슨 말을 하는지 바로 알아차렸다. 확실히, 태현은 지금 도망갈 이유가 없었다. 에다오르도 태현을 좋아하는 데다가 그의 술도 안 마셨으니 나중에 명령을 어겨도 페널티가 없었다.

게다가 지금 에다오르를 중심으로 진행되는 퀘스트를 가장 먼저 파악하기 가장 좋은 방법이 뭐겠는가. 에다오르의 군세에 참가하는 것이다.

'이놈을 확 고발해 버려?'

양성규는 아직 투기장에서 태현한테 뒤통수를 맞은 것을

기억하고 있었다. 뒤통수를 맞은 것 자체는 기분이 나쁘지 않았다. 원래 그건 서로 하려고 했었으니까.

기분이 나쁜 건 태현이 선수를 쳤다는 사실 때문!

'내가 먼저 했어야 했는데 말이야.'

"아저씨. 혹시 에다오르한테 가서 고발이라도 하고 싶으신 것 같은데……."

"뭐? 아니야. 사람을 뭘로 보고 그러는 거니, 이 녀석!"

"하하. 그렇죠? 물론 에다오르한테 가서 말했을 때 에다오르가 누구 말을 들을지 미리 생각을 좀 하셨으면 하네요."

"……."

대놓고 하지는 않았지만 확실한 협박이었다. 에다오르는 태현과 친해 보였으니, 양성규가 가서 말한다고 하더라도 잘못하면 역으로 당했다.

'저 녀석은 에다오르 같은 악마하고 어떻게 저렇게 친해진 거야? 성격이 잘 맞아서 그런 건가?'

사실 그게 정답이었다.

CHAPTER 6

"그런데 어떻게 할 생각이냐?"

"뭐…… 에다오르가 시키는 대로 좀 따라주다가……."

뒷말은 하지 않아도 됐다.

"뒤통수를 치겠다, 이거지?"

"하하. 꼭 그러겠다는 건 아니고…… 그보다 저야 쳐도 되지만 아저씨나 다른 사람들은 괜찮을지 모르겠네."

술의 페널티가 어떻게 작용될지 알 수 없었다. 양성규는 끙! 앓는 소리를 냈다.

"이렇게 될 줄은 정말 몰랐는데 말이야……."

"일단 사람이나 죽이러 가죠."

마치 '밥 먹으러 가자'라고 말하는 것 같은 태현!

"……어쩐지 기뻐 보인다?"

"하하. 어쩔 수 없이 하는 거라고요."

"그보다 사람을 죽인다고 해도, 너무 위험하지 않냐? NPC 다 죽이고 나면 뒷감당하기가 힘들 텐데."

"전 이 도시가 근거지도 아니고, NPC는 죽일 생각도 없는데요."

"그러면?"

"플레이어 죽이면 되죠."

"야 이 녀석아! 더 감당이 안 되잖아!"

"왜 안 된다고 생각하시죠? 이 도시 주변에 지금 플레이어들이 얼마나 많은데."

"그거야 그렇긴 한데…… 멋대로 죽였다가는……."

NPC야 죽이면 끝이지만, 플레이어는 죽여도 끝이 아니었다. 당연히 보복하러 올 것이다.

"뭐, 죽여도 되는 놈들만 죽이면 되니까요."

"죽여도 되는 놈들이 있어?"

"보시면 압니다."

태현은 에다오르에게 다가가서 고개를 숙였다. 그러고는 뭔가 장황하게 떠들기 시작했다. 그러자 껄껄 웃는 에다오르!

다른 플레이어들은 태현을 믿지 못하겠다는 눈으로 쳐다보았다. 대체 무슨 이야기를 했길래 저러는 거지?

"좋다, 김태현 백작. 내 악마들을 부릴 수 있게 해주지! 살아 있는 목숨을 그만큼 수거해라."
"하하, 에다오르 님! 충성충성충성!"
"?!"
마계의 문을 열고 나온 악마 중 일부가 태현의 앞에 무릎을 꿇었다.

[에다오르의 군세 중 일부를 지휘할 수 있습니다.]
[중급 전술 스킬을 갖고 있습니다. 지휘에 보너스를 받습니다. 지휘 가능한 부하들의 숫자가 늘어납니다.]
[하급 뿔 악마, 하급 대형 악마, 하급 날개 악마, 하급 흑마법사 마족을 지휘할 수 있습니다.]
[중급 악마 전사를 부릴 수 있지만, 지휘할 경우에는 지휘 가능한 숫자가 줄어듭니다.]

모두의 입이 떡 벌어졌다.
'아니 저놈은 뭘 했다고 에다오르한테 부하까지 받냐?!'
이상할 정도로 친한 태현과 에다오르!
다른 플레이어들에게는 이해가 안 되는 괴현상이었다. 그러나 놀라기에는 아직 일렀다. 태현은 다른 플레이어들 앞에 당당하게 걸어갔다.
태현에게 좋은 감정이 없는 길마들은 당연히 태현을 노려보았다.

'네가 여기에 오다니 죽고 싶은 거냐'하는 눈빛!

태현은 아랑곳하지 않고 입을 열었다.

"지금 위대한 에다오르 님께서 살아 있는 하찮은 것들의 목숨을 가져오라고 명령을 내리셨다."

"……."

"어쩌라고? 누가 물어봤냐?"

가장 먼저 반응한 건 〈성기사이즈킹〉의 길마! 그는 태현에게 퉁명스럽게 쏘아붙였다.

"머리가 안 돌아가는군."

"……?"

"〈성기사이즈킹〉 길마는 내가 싫은 것 같으니, 첫 번째 목표는 〈성기사이즈킹〉 길드다! 악마들! 전투 준비!"

"?!?!?!!"

〈성기사이즈킹〉 길마는 태현의 말을 듣고 대경실색했다.

"야, 잠, 잠깐만! 내 말이 그런 게 아니라!"

"성기사라니 악마들이 엄청 좋아하겠군. 그렇지 않냐?"

-예, 태현 님!

악마들은 정중하게 대답했다. 벌써 죽이 맞는 그들이었다.

"아니, 그게 아니라! 내 말 좀 끝까지 들어봐 좀!"

"듣고 있다."

태현은 거만하게 자세를 잡았다.

악마들 사이에서 거만하게 자세를 잡는 게, 누가 보면 십 년 넘게 악마들과 같이 지낸 것 같은 익숙한 모습!

"왜 내 길드원들을 공격하려는 건데?!"

성기사이즈킹 길마는 어떻게든 태현을 말리려고 들었다. 지금 아발랍 시에는 그의 길드원들이 많았다. 아직 빠져나가지 못한 상황에서 악마 군세의 습격을 받으면 피해가 클 수밖에 없었다.

"어허. 위대한 에다오르 님께서 살아 있는 것들의 목숨을 갖고 오라는 말씀을 하셨는데 못 들었나?"

때리는 시어머니보다 말리는 시누이가 더 밉다는 말을, 성기사이즈킹 길마는 제대로 느끼고 있었다.

"우리 성기사이즈킹 길마가 예전 버릇을 아직 못 버린 모양인데, 아주 안 좋은 모습이야. 관대한 에다오르 님께서 넘어가 주시지만 앞으로는 조심하라고."

앞잡이 짓을 완벽하게 하는 태현을 보고 에다오르가 껄껄 웃었다.

"크핫핫. 김태현 백작! 그대를 내 군세로 넣은 게 벌써부터 만족스러워지는군."

"과찬이십니다, 에다오르 님!"

"크핫핫핫!"

"……."

어이가 없어 하는 다른 플레이어들!

성기사이즈킹 길마는 어이가 없는 와중에도 나섰다. 다른 사람들과 달리 지금 그는 가만히 있다가는 혼자 당하게 되는 것이다. 절대 그럴 수는 없다!

"아니, 아발랍 시에 플레이어들이 얼마나 많은데 왜 하필 우리 길드원이냐고. 다른 사람들도 많잖아!"

"그쪽이 날 싫어하는 것 같아서."

간단하지만 강력한 이유!

성기사이즈킹 길마는 당황해서 손을 내저었다.

"아냐! 싫어하지 않는다고! 왜 그런 오해를 하고 그래?"

"정말로 안 싫어해?"

"물론이지!"

속으로는 부글부글 끓고 있었지만, 겉으로는 어떻게든 표정을 유지하는 길마! 괜히 길드의 마스터가 아니었다. 길드를 위해서는 뭐든지 할 수 있다!

"아까 나 욕하지 않았나?"

"내가 언제! 다른 놈들이 한 거야!"

성기사이즈킹 길마는 필사적으로 변명하며 다른 길마들을 가리켰다.

"?!"

"뭐 이 자식아?"

성기사이즈킹 길드가 태현에게 위협을 받고 있는 걸 즐겁게 보던 다른 길드원들은 당황해서 성기사이즈킹 길마를 쳐다보았다.

'저 자식 왜 저래?'

'물귀신이냐?'

"흠…… 그래? 욕을 한 줄 알았는데, 착각이었나 보군."

"그래! 난 욕한 적이 없어!"

성기사이즈킹 길마는 자존심을 버렸다. 지금 중요한 건 자존심이 아니었다. 다른 길드 놈들은 내버려 두고 혼자 독박을 쓸 수 없다!

"그러면 투기장에서 있었던 일도 감정이 안 남았나?"

"물론이지! 투기장에서 있었던 일을 갖고 질질 끄는 찌질한 놈이 어디 있겠어! 그건 정정당당한 승부였지!"

옆에서 듣던 케인은 쯧쯧거리며 혀를 찼다. (전)길드 마스터로서 남 일 같지가 않았던 것이다.

'난 그래도 자존심을 지키고 졌지. 저게 추하게 뭐냐.'

오십보백보였지만 케인은 그렇게 생각하지 않았다.

"그래? 그러면 성기사이즈킹 길드는 내버려 두고……."

"……!"

태현의 시선이 돌려지자 다른 길마들이 흠칫했다.

'설, 설마…….'

"어느 쪽이 좋을까? 야. 네가 골라봐."

태현은 성기사이즈킹 길마에게 말을 걸었다.

"어? 나?"

"왜. 싫어? 네 길드 칠까?"

"아냐! 고르고 싶지!"

옆에서 보던 양성규는 속으로 감탄했다.

'저런 악마 같은 녀석!'

아까까지 태현에 대한 증오심으로 똘똘 뭉쳐 있던 길마들이 순식간에 갈라서고 있었다. 혓바닥만으로 서로 찢어놓고 칼날을 겨누게 만든 것이다. 예전의 김태산보다 더 대단한 이간질이었다.

"어…… 그러니까……."

성기사이즈킹 길마는 멈칫했다. 그래도 방금까지 태현을 상대하자고 나름 손을 잡았던 사이였는데, 공격해도 되나?

"5초 안에 안 고르면 네 길드 친다."

"……쑤닝 길드! 쑤닝 길드 치자고!"

"너 미쳤냐?!"

쑤닝은 격하게 반응했다. 그는 뒤통수를 한 대 맞은 표정으로 성기사이즈킹 길마에게 따졌다.

"방금까지 같이 김태현을 상대하자고 한 놈이 어째고 저째? 너 이 자식. 이렇게 뒤통수를 치고서 무사할 것 같냐?"

쑤닝이 강하게 따지자 성기사이즈킹 길마는 살짝 망설였다.

확실히 맞는 말!

그걸 본 옆에서 태현이 속삭이기 시작했다. 혼란스러운 사람의 마음을 뒤흔들어 놓는 악마의 혓바닥!

"야. 저놈 믿지 마라. 저놈이 시작하기 전에 뭐 했는지 아냐? 레스토랑 길드랑 짜고 독 섞인 요리 풀었어. 너희 길드원 중에 그거 먹고 탈락한 놈 몇 명 있을걸?"

사실 <성기사이즈킹> 길드원들이 탈락한 데에는 태현의 탓이 더 컸다. 케인이 몇 명 탈락시키고, 결승전에 가기 전 태현이 만든 독 요리를 먹고 행운에 타격을 입은 몇 명이 또 탈락된 것이다.

그러나 그걸 모르는 성기사이즈킹 길마는 솔깃할 수밖에 없었다. 아무 이유 없이 상대를 공격하는 것과 적당한 이유를 갖고 상대를 공격하는 건 전혀 달랐다.

명분이 중요한 이유!

성기사이즈킹 길마가 흔들리는 모습을 보이자 쑤닝은 급하게 그를 설득하려고 했다.

"야, 저 자식 말 듣지 마! 그냥 우리가 힘만 합쳐도 저놈은 뭘 할 수 없다고!"

"그렇겠지. 내 뒤에는 에다오르도 있고 악마 군세도 있는데 뭐 아무것도 못 할 수도 있겠지."

태현은 옆에서 빈정거렸다.

쑤닝은 빠드득 이를 갈았다. 아주 얄미운 짓을 하는 데에는 도가 튼 태현이었다.

쏘닝이 이를 갈건 말건 아랑곳하지 않고 태현은 하고 싶은 말을 했다.

“난 상관없어. 뭐, 쏘닝이 다른 길드랑 짜고 투기장에 독을 풀고 온갖 수작질을 했지만 같이 손을 잡아도 상관없지. 그냥 다 같이 치면 되니까. 에다오르가 좋아하겠네.”

“저 자식 말 듣지 마!”

“그리고 너희들이 나를 막을 수 있을지가 의문인데. 너희 지금 술 마셔서 에다오르한테 제대로 저항도 못 하잖아?”

“……!”

“쏘닝이랑 손잡고 내가 악마들 지휘하는 걸 방해할래, 아니면 나하고 손잡고 쏘닝 길드를 칠래?”

악마 그 자체!

태현이 갑자기 나와서 서로 뭉친 거였지, 원래 여기 길드들은 다 경쟁자였다. 그들이 피해를 입지 않고, 거기에다가 경쟁자인 쏘닝 길드까지 타격을 입는다면 일석이조!

“쏘닝 길드를 친다!”

“너하고 함께 하겠어!”

크라잉 해머 길마까지 나서자 쏘닝은 경악했다.

이렇게 되면 쏘닝의 편은 아무도 없게 되는 상황!

“너, 너희들…… 후회할 거다! 절대로 후회할 거라고!”

"웃기는 소리 하지 마라. 쑤닝. 우리가 언제부터 친했다고 그런 소리를 하는 거냐?"

"맞아. 그리고 솔직히 김태현이 너보다 훨씬 더 믿을 만한 놈이지. 넌 투기장에 독을 풀었잖아."

옆에서 듣던 케인이 켁켁 대며 기침을 했다.

'뭐? 김태현이 쑤닝보다 더 믿을 만한 놈이라고? 정신 나간 거 아냐? 내가 자폭한 건 보지도 못했냐!?'

방송 때문에 오해하고 있는 사람들!

길드를 이끌고 온갖 거친 짓은 다 한 쑤닝보다 태현의 이미지가 좋을 수밖에 없었다. 그러나 진실을 아는 케인에게는 기가 막힌 말들!

"좋아. 어디 한번 해보자!"

쑤닝은 벌컥 화를 낸 다음 먼저 떠나 버렸다. 크라잉 해머, 성기사이즈킹 길마는 태현을 보고 어색한 웃음을 지었다.

"그러면……."

"쑤닝 길드 치는 거 맞지?"

"물론이지. 가서 치라고. 길드원들도 시켜."

"길드원들도 시키라고?"

"당연하지. 쑤닝은 가만히 있을 거 같아? 길드원들 불러서 선공할걸. 가만히 있다가는 너희 길드원들 영문도 모르고 당한다."

"그, 그렇군! 지금 당장 불러야겠어!"

허겁지겁 움직이는 길마들을 보며 태현은 만족스럽게 고개를 끄덕였다. 이걸로 그를 노려보던 길드들은 공중분해! 자기들끼리 싸우느라 정신이 없을 것이다.

쿡쿡-

"……?"

이다비가 태현을 살며시 찌르고 있었다.

"……우리 친구죠?"

"뭐? 그랬었나?"

"……."

"진짜 파워 워리어는 안 건드리는 거죠? 그렇죠?"

"계속 그렇게 옆에서 떠들어대면 파워 워리어부터 먼저 친다. 거기 너, 날개 달린 놈. 나 태우고 날 수 있나?"

"물론입니다. 백작님."

날개 달린 악마는 태현에게 공손하게 고개를 숙였다. 태현은 살짝 감동했다. 아키서스 믿는 것보다 더 푸짐하게 베풀어주는 것 같은 에다오르!

'이런 부하들을 빌려주다니. 친절한 놈!'

태현은 날개 달린 악마를 붙잡고 그 위에 탔다. 케인, 양성규도 따라서 날개 달린 악마 위에 탔다.

"어차피 지금 파워 워리어 길드는 별로 중요하지도 않아."

파워 워리어는 숫자만 많지 정작 강한 플레이어는 찾기 힘들었다. 오히려 신경 써야 하는 건 쏘닝이나 크라잉 해머 같은 길드들이었다. 그런 길드들은 강한 플레이어들로 이루어진 탄탄한 길드들이었다.

그리고 태현은 투기장 때문에 그들과 원수를 진 상황!

지금이야 혓바닥으로 서로 싸우게 만들었지만, 시간이 지나고 에다오르 퀘스트가 끝나고 나면 저 길드들은 다시 태현을 적대할 것이다.

원래 아이템을 뺏어간 원한은 쉽게 잊혀지지 않는 법!

'그냥 다 같이 박살 내는 게 편하겠군.'

태현은 슬슬 그의 적이 너무 많아지고 있다는 걸 느끼고 있었다. 안 그래도 지금 태현의 적과 판타지 온라인 1을 했던 잠재적인 적까지 합한다면 그야말로 줄을 세워도 될 수준. 이제 적은 그만 만들고 즉시 박살을 내자!

태현은 에다오르 퀘스트를 따라가면서 그와 적대한 길드들을 박살 내고, 기회를 봐서 에다오르를 배신할 생각이었다.

어차피 아키서스의 화신 직업을 가진 태현은 에다오르와 끝까지 갈 수 없었으니까.

'문제는 에다오르를 잡느냐, 그냥 도망치느냐인데…….'

사실 이미 상자를 챙긴 이상 도망쳐도 크게 문제는 없을 것 같았다.

'지금 여는 건 무리일 거 같고.'

주변에 에다오르가 부리는 악마들이 많은데 상자를 열어서 권능이라도 흡수했다가는 괜히 들킬 수 있었다.

"태현아. 에다오르가 뭘 하려는 거 같냐?"

"악마가 하려는 거야 뻔하죠. 사람 많은 도시에 나와서 감정 흡수하고 자기 군대 불러서 쓸어버리는 거."

가끔씩 마계에서 나오는 강력한 악마들. 하나하나가 보스 몬스터 급의 강력함에 대규모 퀘스트를 불러일으키는 존재들이었다. 판타지 온라인 1 때부터 잔뼈가 굵은 태현은 이런 악마들에게도 익숙했다.

'총독으로 위장하고 투기장을 연 건 사람들 모아서 감정 흡수하고 부하들 만들 생각이었던 거 같군.'

사람들이 뿜어내는 감정들을 흡수하고, 거기에 투기장 결승전까지 올라올 정도의 강한 플레이어들을 부하로 만들 수 있는 기회까지. 에다오르는 아주 남는 장사를 한 셈이었다.

이대로 내버려 두면 주변을 휩쓸면서 점점 더 강력해질 게 분명. 원래 이런 보스 몬스터는 초반 대응이 가장 중요했다. 마르덴 후작을 태현이 빠르게 처리한 덕분에 그 주변 지역이 멀쩡하게 끝난 것처럼.

만약 태현이 아니었다면 최소한 그 주변 도시나 성 몇 개는 마르덴 후작한테 박살이 났을 것이다. 거기 있던 플레이어들도 당연히 휩쓸렸을 것이고. 이번 에다오르도 그럴 가능성이 높았지만…….

"가자! 에다오르 님을 위해 살아 있는 것들의 목숨을 가지러!"

-크와아아앙!

태현은 막을 생각은 안 하고 에다오르에게 악마를 빌려 다른 플레이어들을 털 준비를 하고 있었다.

"저거 쑤닝 길드원이다!"

"좋아. 가자!"

조금 덩치 큰 길드는 길드 전용 장비나 표식 같은 것을 달고 다니는 경우가 많았다. 쑤닝 길드도 그랬다.

덕분에 멀리서도 한눈에 알아볼 수 있는 상황!

"뭐야?!"

"이것들 왜 이래?!"

[에다오르의 이름으로 살아 있는 생명을 쓰러뜨렸습니다. 에다오르 군세 내의 공적치가 오릅니다.]

[에다오르가 기뻐합니다.]

콰콰쾅!

굉음과 함께 에다오르의 악마들이 쑤닝 길드원들을 공격하기 시작했다.

-모두 잘 들어라! 다른 길드 소속 플레이어들이 보이면 먼저 공격해! 그놈들 전부 다 적이다! 그리고 지금 도시 주변에서 싸울 수 있는 놈들은 모두 다 내 옆으로 와라!

쑤닝이 급하게 전체 길드원들에게 말했지만 태현이 한발 앞섰다.

[악명이 오릅니다.]
[아이템을 얻었습니다.]

"이, 이 ××…… 너 김태현이잖아!"
"그래서 뭐 어쩌라고."
"김태현이 왜 PK를 하는 거야?!"
쑤닝 길드원 한 명이 정말 이해가 안 간다는 듯이 외쳤다. 그걸 본 케인이 대검으로 그를 후려치며 말했다.
"저놈은 원래 저랬어, 이 멍청한 놈아!"
"말, 말도 안 돼…… 이건 분명 음모야!"
현실을 부정하는 플레이어들!
태현한테 당하고 당한 케인 입장에서는 기가 막히는 일이었다.

"야! 눈이 있으면 뜨고 봐라! 저거 보라고!"

케인은 플레이어 한 명을 붙잡고 태현을 가리켰다.

롱소드를 들고 거침없이 플레이어들을 두들겨 패는 악랄한 모습!

"저게 어디 봐서 착하고 선량한 모습이냐! 눈을 떠! 저놈의 본모습을 보라고!"

시끄럽게 떠드는 케인을 본 양성규가 태현한테 물었다.

"저놈은 왜 저러는 거냐?"

"원래 가끔 저러는 놈이니까 신경 쓸 필요 없어요."

"방송에서 봤을 때는 저런 놈이 아니었던 것 같은데……."

양성규는 그렇게 말하며 쑤닝 길드원 한 명을 쓰러뜨렸다.

'이 녀석은 악명 오르는 게 신경 안 쓰이나? 아니, 그보다 이 녀석은 방송도 나갈 텐데…….'

이미지 따위는 신경도 쓰지 않는 태현!

순식간에 거리에 있는 쑤닝 길드원들이 전부 쓰러졌다. 태현 일행이 강한 것도 강한 거지만 데리고 있던 에다오르의 악마들까지 합세하니 평범한 길드원들만으로는 막을 방법이 없었다.

"아이템 챙겨라. 빨리 털고 다음 곳으로 이동하자."

탁-

말과 함께 태현은 이다비의 팔을 잡았다. 이다비는 어색하게 웃었다.

"내가 잡은 거거든?"

"그냥 지나가려고 한 거였어요……."

"잘도 그랬겠다. 손 치워라."

"제가 아이템 챙기면 더 잘 나오는데, 저한테 맡기시면……."

"네가 아무리 잘 나와봤자 나보다 더 잘 나올 것 같지는 않은데. 무슨 자신감이야?"

태현은 행운 스탯 덕분에 누군가를 PK하고 아이템을 털 때에 막강한 보너스를 받았다. 덕분에 사디크 교단이 가져간 반지는 찾지도 못하고 이상한 성물을 갖고 나오게 됐지만.

"제 직업이 뭔지 모르시니까 그러시는 거예요."

"네 직업이 뭔데."

"제 직업은…… 잠깐, 이거 공짜로 알려주기는 너무 아까운데. 골드 받고……."

"그냥 말해줄래 아니면 악마한테 죽을래?"

"죽음의 황금상인! 죽음의 황금상인이에요!"

"뭔 직업 이름이 그래? 상인 계열 직업인가? 전사인 줄 알았는데."

"성능은 전사랑 비슷해요. 상인 스킬이 몇 개 추가된 거랑……버프나 스킬을 쓸 때 골드가 많이 필요한 거만 빼고……."

"……."

이다비를 쳐다보는 태현의 눈빛이 갑자기 불쌍한 사람을 쳐다보는 눈빛으로 변했다. 스킬을 쓸 때마다 골드를 사용하는 직업이라니. 거의 돈 먹는 하마 수준!

그렇게 광고를 하고 길드를 운영하는데 왜 돈이 안 모이는지 알 것 같았다.

'그래도 성능은 꽤 괜찮은 거 같은데?'

투기장에서 태현의 발목을 잡은 저주는 상당히 좋은 스킬이었다. 대미지는 없어도 태현의 회피를 무시하고 명중시키는 저주. 전사 계열 성능을 갖고 있으면서 그 정도 저주까지 쓸 수 있는 직업은 흔치 않았다.

"그러니 제가 아이템을 털면 다른 사람들보다 더 많이 나올…… 아앗!"

그러나 태현은 이다비의 말을 무시하고 쓰러진 플레이어들의 아이템을 챙겼다.

"네 직업은 알겠는데 그렇다고 넘겨줄 생각은 없다. 나도 너 못지않게 아이템 터는 데에는 특화된 직업이거든."

태현의 말에 이다비의 눈빛이 반짝였다.

이건 설마 태현의 직업에 대해 알 수 있는 찬스?

태현이 방송에 나오고 나서부터 태현의 직업이 무엇인지 알아내려는 사람들이 많았다. 단순한 호기심에서부터, 태현을 견제하려는 사람, 태현의 직업을 알아내서 직업을 얻어 보려는 사람들까지…….

만약 태현의 직업에 대한 정보를 얻게 된다면, 부르는 게 값이 될 것이다.

그 정도로 귀하고 가치 있는 정보!

"무, 무슨 직업인데요? 저는 별 관심 없지만 그냥 궁금해서……."

그러나 태현은 대답도 하지 않고 악마를 타고 다음 장소로 이동하기 위해 떠나 버렸다.

"에이 진짜!"

콰콰쾅! 콰쾅!

태현이 에다오르의 악마들을 이끌고 아이템 좀 있어 보이는 플레이어들을 공격하는 동안, 다른 길드의 플레이어들은 피 튀기는 싸움을 벌이고 있었다.

"쏘닝 길드를 밟아버려! 이번 기회에 아주 아발랍 시에서 쫓아내는 거다!"

"저딴 놈들한테 절대 지지 마라! 길드원들 더 불러!"

평화롭던 아발랍 시의 거리에서 길드원들끼리 삼삼오오 모여서 맞붙고 있었다.

크라잉 해머와 성기사이즈킹 길드의 연합에 불리해지자, 쏘닝은 다른 곳에 있던 길드원들까지 아발랍 시로 급하게 불러댔다. 여기서 잘못 밀리면 길드가 휘청거릴 정도로 타격을 입을 수 있었다. 절대 밀려서는 안 되는 싸움!

사방에서 마법이 날고 화려한 근접 스킬이 작렬했다.

정작 에다오르와 에다오르의 군세는 별다른 활동을 하지 않고 있는데도 알아서 치열하게 싸워주는 길드들!

"인간들이 이렇게 싸우는 걸 좋아했나?"

"모두 다 주인님의 크나큰 힘 덕분입니다!"

"그런가? 크핫핫핫! 그래. 다 내 덕분이지. 그렇지만 김태현 백작도 아주 쓸 만하군. 이런 인재를 구하다니!"

[에다오르의 친밀도가 증가합니다.]

[더 많은 에다오르의 군세를 부릴 수 있습니다.]

[에다오르의 군세 내에서 위치가 올라갑니다.]

"……?"

쏘닝 길드원을 두들겨 패던 태현은 갑자기 뜨는 메시지창에 고개를 갸웃거렸다. 왜 갑자기 또 올라가지?

'뭐 좋으니 상관없나?'

태현 덕분에 평소 사이가 좋지 않던 길드들은 아주 목숨을 걸고 싸우고 있었다. 인간들이 싸우는 걸 바란 에다오르 입장에서는 미친 듯이 즐거운 상황!

칸다타 마탑의 반지:

내구력 45/45, 마법 방어력 25. 속성 방어력 50.

마나 회복 속도 15% 증가. 마법 사용 시 소모된 마나의 2%를 회복.

칸다타 마탑에 큰 공을 세운 마법사들에게 주는 특별한 반지다. 칸다타 마탑과 관련 없는 사람이 쓰고 다닐 경우 칸다타 마탑에서 좋아하지 않을 것이다.

마력 응축의 팔찌:

내구력 75/75, 마법 방어력 35, 속성 방어력 15.

마나 회복 속도 8% 증가.

뛰어난 마법 관련 기술을 가진 대장장이가 만든 팔찌다. 착용하는 것만으로도 마력을 빠르게 회복시켜준다.

휘익-

태현은 휘파람을 불며 아이템을 챙겼다. 랭커급 플레이어들은 없어도 태현의 행운은 플레이어들이 갖고 있는 가장 비싼 아이템을 찾아내는 능력이 있었다. 그리고 재주 좋게 마나 회복 옵션이 있는 아이템들을 찾아내서 바로 착용했다.

-대단하십니다. 태현 님.

-당신은 우리를 거느릴 자격이 있는 분이십니다!

에다오르의 악마들은 가차 없이 플레이어들을 베어버리는 태현의 모습에 감탄했다. 물론 용용이는 매우 못마땅해했지만!

-주인이여! 언제까지 이 냄새 나는 놈들을 데리고 있을 생각인가?

-일단 여기 있는 다른 길드 놈들 정리할 때까지는 데리고 있어야지.

-그게 무슨 소린가? 이 냄새 나는 놈들을 그때까지 데리고 있겠다니!

-그래. 그래. 그런데 너무 쓸모가 있단 말이야.

태현은 용용이의 말을 귓등으로 흘리고 날개 악마를 불렀다.

"그놈들 아직도 싸우고 있냐?"

-쑤닝 길드가 후퇴하고 있습니다.

"그래? 잘됐네. 슬슬 가봐야겠다."

태현과 부하 악마의 대화를 옆에서 들은 양성규가 물었다.

"뭘 가봐야겠다는 거냐?"

"크라잉 해머하고 성기사이즈킹 길드도 슬슬 힘 빠졌을 테니까 마저 공격하려고요."

"!!"

정말 뒤통수를 치는데 1초의 고민도 없는 칼 같은 냉정함!

옆에서 태현의 말을 들은 이다비는 감동으로 전율했다.

돈을 벌려면 저렇게 해야 하는 거 아닐까?

'투기장에 참가했던 길드들 대충 다 갈아버리면 앞으로 귀찮게 할 놈들은 없겠지.'

미래에 적이 될 놈들을 미리 갈아버리고, 동시에 아이템과 경험치도 챙기는 일석이조의 방법. 다른 플레이어들은 차마 하지 못하고 망설일 방법을 태현은 조금도 망설이지 않고 행동으로 옮겼다.

"쑤닝 길드가 도망칩니다!"

"좋았어!"

"놈들이 아발랍 시 서쪽 성문으로 모입니다! 쫓아서 포위하겠습니다!"

"좋았어!"

"뒤에서 공격! 뒤에서 공격!"

"좋았…… 뭐? 어떤 놈이 뒤에서 우리를 공격해?"

"에다오르가 부리는 악마입니다!"

"그 악마 놈이 미쳤나?!"

크라잉 해머 길마는 기가 막혀서 소리쳤다. 일단은 술을 마셨기에 그도 에다오르의 군세에 소속되어 있었다. 그런데 왜 그의 길드를 공격한단 말인가!

그러나 그 이유는 곧 알 수 있었다.

"김태현이 악마를 데리고 우리를 공격합니다!"

"길마님! 김태현이 뒤에서 난리를 치고 있어요! 파워 워리어 길마하고 오크 전사 놈도 있어요! 어떻게 합니까?!"

"이, 이 개자식이 진짜……."

아무리 그래도 그렇지, 싸움이 끝나지도 않은 상황에서 바로 뒤를 공격해 올 줄은 몰랐다.

[악명이 오릅니다.]

[에다오르가 당신을 신뢰합니다. 더 많은 군세를 지휘할 수 있습니다.]

[<에다오르의 천인장> 자리를 받았습니다.]

길드 소속 플레이어들을 찾아서 공격하고, 그 대가로 공적치 포인트를 받는다. 위치가 올라가면 그걸로 더 많은 악마를 불러서 다시 길드 소속 플레이어들을 친다. 이미 중급 전술 스킬을 갖고 있는 태현이기에 할 수 있는 전략!

"피해가 너무 큽니다! 아델 파티도 전멸했어요!"

"일, 일단 성기사이즈킹 길마한테 연락해 봐! 그리고 쑤닝 길마한테도……."

"쑤닝 길마한테도 연락하라고요?"

"저 미친놈 막으려면 한둘로는 힘들잖아! 쑤닝도 머리가 있으면 알아듣겠지!"

물론 이성적으로는 맞는 말이었다. 그러나 원래 세상일이란 게 이성으로만 해결되지 않는 법!

이미 피를 본 상황에서 쑤닝 길드가 손을 잡을 리 없었다.

"죽으면 죽었지 너희들하고 손잡는 일은 없다!"

"이 멍청한 자식들이 진짜…… 상황을 볼 줄 그렇게 모르나! 성기사 놈들은? 그놈들은 지금 상황 알겠지?"

"그, 그게……."

"왜 그래?"

"그놈들도 우리를 공격하는데요?"

"뭐?!?!"

성기사이즈킹 길마는 태현의 유혹에 넘어가 버린 것이다. '크라잉 해머를 밟아버리면 아발랍 시에서 너희 길드를 당할 놈들은 없다'는 말에 그대로 넘어가 버린 것!

크라잉 해머 길마는 답답해서 가슴을 쳤다.

"이 멍청한 자식이 진짜……! 그렇게 머리가 안 돌아가냐! 그다음은 너희라고!"

그러나 욕심에 눈이 먼 사람은 귀가 어두워지는 법이었다.

그 결과…….

[악명이 크게 오릅니다.]

[칭호: 아발랍 시의 학살자를 얻었습니다.]

[<에다오르의 왼팔> 자리를 받았습니다.]

[레벨 업 하셨습니다.]

"……내가 좀 너무 나갔나?"

태현은 산더미처럼 쌓인 길드 플레이어들의 시체를 보며 중얼거렸다. 옆에서 있던 케인이 고개를 끄덕였다. 하룻밤 사이에 아발랍 시에서 어깨에 힘 좀 주고 다니는 길드들이 전부 박살이 난 것이다.

싸움을 붙이고, 대충 상대방이 박살 났다 싶으면 다시 뒤통수를 치고, 남은 놈들이 몰려오면 다시 싸우고……

잡을 때마다 아이템이 쏟아지고 경험치가 쏟아지자 태현은 신이 나서 다른 길드원들을 찾아서 쓰러뜨렸다. 3천을 넘어가는 행운 덕분에 레벨 업 난이도가 미친 듯이 올라간 상황에서 PK로만 레벨 업을 했으니, 태현이 얼마나 잡아댔는지 알 수 있었다.

"아니, 나도 원래 이렇게까지 하려고 한 건 아니었거든? 근데 저기 길드 놈들이 진짜 끝까지 눈치 못 채고 내가 하라는 대로 하니까 흥이 올라서……."

"……."

케인, 이다비, 양성규 등 자리에 있는 플레이어들은 태현을 차가운 눈빛으로 쳐다보았다. 방금 아발랍 시의 길드들을 전부 박살 내놓고 한다는 소리가 저거?

"뭐 결과는 좋잖아?"

"내 악명을 봐라! 지금 죽었다가는 페널티가 장난이 아니겠다!"

"맞아요! 어떻게 보상해 줄 거예요!"

케인과 이다비는 척척 손발이 맞았다. 태현한테 당한 게 많은 두 사람!

태현은 대답 대신 둘을 빤히 쳐다보았다. 어중간한 말보다 더 무서운 대응이었다.

그러자 케인이 바로 꼬리를 내렸다.

"하하. 생각해 보니까 나는 원래 악명을 신경 안 썼었지? 악명 높은 게 오히려 멋있기도 하고 말이야."

"저기요?!"

졸지에 혼자 남은 이다비가 당황해서 케인을 쳐다보았다.

'악명이라. 잠깐, 나도 악명 좀 조심해야 하는데.'

태현은 스탯을 확인했다. 악명이 지금 얼마쯤 올랐을까?

명성: 5,760

악명: 5,520

신성: 1,823

'……'

태현도 순간 움찔할 정도로 악명이 올라있었다. 태현의 악명은 예전에도 몇 번 사고를 친 것 덕분에 높은 편이었지만, 명성이 워낙 높아서 상관이 없었다. 그러나 지금 악명이 명성 앞까지 바로 따라와 있었다. 길드들을 갈아버린 덕분!

"으…… 판타지 온라인 1 때 하던 버릇이 나와 버렸어."

"……?"

태현은 머리를 긁적였다. 한 번 싸우기 시작하니 신이 나서 너무 나간 것이다.

-위대한 악마 태현 님을 찬양하라!

-마족의 피보다 더 진한 마족의 피를 가지신 분!

[현재 에다오르의 군세 내에서 당신의 자리는 <에다오르의 왼팔>입니다.]

[에다오르는 당신에게 인간을 향해보낼 수 있는 최고의 호감을 갖고 있습니다.]

[중급 뿔 악마, 중급 대형 악마, 중급 날개 악마, 중급 흑마법사 마족을 마음껏 지휘할 수 있습니다.]

[상급 악마 전사를 부릴 수 있지만, 지휘할 경우에는 지휘 가능한 숫자가 줄어듭니다.]

아발랍 시에서 길드 몇 개를 갈아버리다 보니, 태현을 따르던 악마들은 태현을 극도로 존경하게 됐다.

거기에 에다오르의 굳은 신임은 덤!

'적당히 길드만 갈아버리고 빠져나갈 생각이었는데 일이 너무 커졌네.'

초롱초롱하게 태현을 쳐다보는 악마들의 눈빛! 이놈들만 데리고 가도 작은 마을 하나 정도는 그대로 밟아버릴 수 있는 전력이었다.

-태현 님. 제게 이름을 지어주실 수 있으십니까?

"……?"

[당신 곁에서 가장 많이 싸운 악마가 승급을 요청합니다.]

[이름을 지어주고 승급시킬 수 있습니다. 이 악마는 당신을 독자적으로 따릅니다.]

"……!"

등에 네 장의 날개를 단 우락부락한 악마 전사가 태현 앞에 무릎을 꿇었다. 태현은 살짝 당황했지만 어떻게 된 건지 바로 알아차렸다. 너무 충실하게 악마스러운 짓을 한 덕분에 그가 이끌던 악마 부하들이 성장하게 된 것!

'잠깐, 날 독자적으로 따른다고? 에다오르도 배신하게 할 수

있다는 건가?'

생각해보니 충분히 가능할 것 같았다. 에다오르가 불러내기는 했지만 결국에 이들은 악마. 상황에 따라 밥 먹듯이 배신하고 강한 자를 따르는 종족이었다.

'날 독자적으로 따르게 하는 악마들을 더 늘리면 내가 계속 부릴 수 있다는 거겠지? 그러면…….'

이제 뒤통수 칠 길드가 없어지자 에다오르의 뒤통수를 치려고 계획하는 태현!

뒤통수의 달인이라고 해도 과언이 아니었다.

"좋아. 네 이름은……."

"……."

"딱히 떠오르는 게 없는데. 그냥 긴꼬리원숭이로 할까?"

"설마 저 악마 꼬리가 길다고 그렇게 지은 건 아니죠?"

이다비는 태현이 농담하는 줄 알았다. 그러나 태현은 진지했다.

"하긴. 너무 길지? 긴꼬리 1로 하자."

"……그런데 왜 1이에요?"

"앞으로 더 생기면 뒤에 2, 3, 이렇게 붙이려고."

무성의의 극치! 그러나 악마 전사는 그것도 좋다는 듯이 기쁘게 고개를 끄덕였다.

-영광입니다!

“그래. 긴꼬리 1. 힘내라.”

-주인이여! 악마 같은 걸 부리면…….

“폼이 난다고? 나도 알아.”

태현은 대답과 함께 용용이를 들고 가방에 집어넣었다. 시끄러운 불평을 먼저 차단!

지금 에다오르를 만나러 가야 하는데 용용이를 괜히 내버려 뒀다가는 위험할 수도 있었다. 위장을 잘했지만 그래도 신수 아닌가.

-읍읍읍!

“좋아. 이제 도시에 남은 사람도 없고…… 에다오르나 만나러 가야겠군. 투기장에 있겠지?”

태현이 워낙 악마들을 이끌고 일 처리를 잘해 준 덕분에 에다오르는 아직도 투기장에서 폼을 잡고 있었다.

“태현아. 너 근데 계속 에다오르 퀘스트 깰 거냐?”

“원래 길드 정도만 갈아버리고 생각하려고 했는데…… 이렇게 부하도 받고. 슬슬 튀어도 괜찮을 것 같긴 하네요.”

‘상자도 열어야 하고.’

태현을 따라다니는 악마들 때문에 받은 상자를 못 여니 살짝 답답했다.

“잠깐만! 우리는 못 튀잖아!”

“그러게 누가 그렇게 술 먹으라고 했습니까?”

“이, 이 치사한 녀석……!”

“자기 혼자 도망치면 안 되죠!”

양성규와 이다비는 태현을 붙잡고 매달리기 시작했다.

이대로 태현이 싹 튀어버리면 곤란해지는 건 둘!

에다오르와 그의 부하들은 쌩쌩하니 앞으로 퀘스트는 계속 진행될 거고, 그들은 도망칠 수도 없으니 코가 꿰여서 계속 퀘스트를 깨야 했다.

물론 보상이야 나오겠지만 에다오르를 따라다니면서 할 퀘스트가 무엇이겠는가. 다른 도시를 박살 내고 다니는 파괴 퀘스트!

하고 나면 나중에 뒷감당을 다 고스란히 해야 하는 그런 퀘스트였다.

태현이야 그런 걸 생각 안 하고 날뛰는 사람이었지만 둘은 아니었다.

태현이 붙잡은 둘을 밀어내자 양성규는 화를 내며 말했다.

“이 녀석 진짜…… 됐다! 네가 그렇게 나오면 나도 생각이 있지!”

“오. 어떻게 하시려고요?”

“에다오르 퀘스트를 깨고 있는 게 너뿐만은 아니잖냐! 나도 에다오르한테 가서 부하를 빌리겠다!”

“……!”

옆에서 듣던 이다비가 깜짝 놀랐다.

아니, 그런 좋은 방법이?

태현을 따라 다른 길드 소속 플레이어들을 치고 다니는 동안, 그들도 꽤 많은 공적치 포인트를 쌓았다.

태현만큼 에다오르와 친하지는 않지만 그래도 악마들을 빌릴 수 있는 수준!

"빌려서 뭐하시려고요? 제가 데리고 다니는 놈들 수준으로 만드시려면 시간 좀 걸릴 텐데."

"너 믿고 기다리는 것보다는 훨씬 낫겠지!"

양성규는 그렇게 말하고 에다오르가 있는 투기장으로 향했다. 이다비도 그 뒤를 따랐다. 술을 안 마신 태현과 달리, 술을 마신 그들은 일단 에다오르의 퀘스트를 따라가면서 기회를 엿봐야 했던 것이다.

여차하면 혼자 도망칠 수 있는 태현과 같이 일하는 것보다는 아예 단독으로 에다오르에게 악마 부하들을 받아가면서 일하는 게 훨씬 더 나았다.

"안 잡냐?"

"뭐 어차피 저 둘이 내 적이 되지는 못하니까. 쑤닝이나 크라잉 해머 같은 길드들도 다 박살이 났고……."

원하는 걸 다 이룬 태현은 태연했다. 그럴 수밖에 없었다. 이 주변에 아쉬운 게 많은 다른 사람들과 달리, 태현은 그냥 도망칠 수 있었으니까.

'그냥 지금 튈까?'

에다오르의 뒤를 치는 건 남는 것도 많았지만 그만큼 위험했다. 지금으로는 어림도 없고 퀘스트를 깨면서 기회를 엿봐야 했으니까. 게다가 왕국에 악마가 나타나서 난리를 치는 퀘스트는 언제나 끝이 좋지 않았다.

악마가 얼마나 강하든 간에, 사람들은 끊임없이 몰려와서 집중 공격을 하기 때문이었다. 악마가 더 많이 깽판을 치면 칠수록 보상이 커졌기에 더 많은 사람이 몰려왔다.

에다오르의 뒤를 노리다가 잘못 엮이는 수가 있었다. 그럴 바에는 그냥 지금 부하로 삼은 악마 몇을 데리고 튀는 것도 나쁘지 않았다.

무엇보다 길드들을 갈아버리고 얻은 산더미 같은 전리품들! 하도 많아서 태현은 다 확인도 하지 못했다.

지금 당장 자리를 잡고 제작 스킬을 올리고 싶은 마음이 굴뚝같았다.

"헉, 헉헉……."

"……?"

싸움으로 인해 반쯤 박살이 난 도시 성문으로 누군가 달려오는 게 보였다. 당연히 NPC는 아니고 플레이어였다.

"뭐냐, 저거? 왜 지금 아발랍 시에 찾아오는 거지?"

이미 아발랍 시에서 일어난 사건은 온갖 사이트에 다 퍼진 상태. 물론 그걸 못 봤더라도 도시 주변이 박살이 난 걸 봤으면 알아서 '무슨 일이 생겼구나'하고 눈치를 채야 정상이었다. 그런데도 아랑곳하지 않고 도시로 다가오다니.

"글쎄? 여기에 원하는 게 있어서 아닌가?"

"여기에 원하는 게 뭐가 있는데?"

"에다오르 군세에 들어가려고 하거나……."

충분히 그럴듯한 이유였다. 태현처럼 악마를 부려서 다른 길드들을 박살 내려는 사람들 말고도, 흑마법사나 악마 관련 직업을 가진 플레이어들에게 에다오르 같은 악마가 나타난 건 기회였다.

"……!"

그러나 그 생각은 곧바로 틀렸다는 게 증명되었다. 멀리 있던 플레이어가 태현을 보고 바로 손을 흔들며 달려오기 시작한 것이다.

"……너 보고 손 흔드는데?"

"에다오르 군세에 들어가려는 건 아닌 모양이군. 그러면……."

"너 노리는 거 아냐?"

"아니, 꼭 날 노리는 놈이란 법은 없잖아. 여기 주변에 있는 플레이어면 무조건 날 노려야 하냐?"

"네가 그런 짓을 해놓고 암살자가 안 붙길 바라면 양심이 없는 거지!"

태현의 뻔뻔함에 케인은 혀를 내둘렀다. 지금 이 아발랍 시에서 태현이 죽인 플레이어가 몇 명인데!

강제로 로그아웃당한 길드원들이 바로 암살자들을 고용해서 보내도 놀랍지 않았다.

"정당한 싸움이었다고. 꼭 플레이어가 날 노리는 암살자라는 법은……."

"김태현……!"

"너 부르는데?"

"젠장. 암살자 맞군."

태현은 바로 롱소드를 뽑으려고 했다.

"……님!"

"……?"

"찾고 있었습니다!"

"네가 누군데?"

"전 로이라고 합니다."

"혹시 길드 이름은 로켓단인가?"

"……."

만나자마자 로이는 순간 울컥했다.

태현에게서 느껴지는 익숙한 느낌! 김태산에게서 받은 느낌과 비슷한 느낌이었다. 사람의 속을 뒤집는 천부적인 재능.

태현이 악마들을 이끌고 길드들을 이간질하고 때려 부수는 동안, 다른 사람들은 그걸 생중계하고 있었다. 아발랍 시에는 길드 플레이어들만 있는 게 아니었다. 무소속 플레이어들도 많았던 것이다.

그들은 에다오르가 나타나고 도시가 싸움판이 되자 일단 밖으로 도망친 다음, 안에서 무슨 일이 일어나는지 호기심에 차서 지켜보기 시작했다.

"공중 부양 마법 걸어드립니다! 여기 언덕 위에서 보면 도시 안 싸움 그대로 구경 가능해요!"

"얼마에요?"

"2골드만 받겠습니다."

"2, 2골드?! 공중 부양 마법 걸어주는데 2골드가 말이 돼요!?"

"싫으면 마세요. 걸어달라는 사람 많으니까."

"싸움 구경할 때 좋은 음료수 팝니다! 중급 요리 스킬 찍은 요리사가 만들었어요!"

"어두운 밤도 꿰뚫어 볼 수 있는 야간 시야 마법 걸린 아이템 팝니다!"

태현과 길드들의 싸움 덕분에 도시 밖에서는 임시 축제! 근처 언덕에서는 싸움을 구경하는 플레이어들로 북적댔다. 아발랍 시가 박살 나는 건 분명 손해였지만, 그보다 지금 눈앞의 싸움이 더 흥미진진했던 것이다.

게다가 그 상대는 이제까지 도시 내에서 깽판이란 깽판은 다 치고 다녔던 길드들!

"오, 오오……! 쏘닝 길드가 도망친다!"

"크라잉 해머랑 성기사 놈들이 이긴 건가?"

그러나 잠시 후…….

"크라잉 해머가 털린다?!"

"뭐야?! 어떻게 된 거야?!"

그리고 또 잠시 후.

"성기사 놈들이 튄다! 성기사 길마가 죽었어!"

"뭐?! 그게 말이 돼?!"

해가 뜰 때쯤이 되자…….

"……."

그저 남는 건 경악뿐!

아무도 떠들지 않고 몰두해서 태현의 싸움을 지켜보았다.

To Be Continued

Wish Books

9클래스 소드 마스터

이형석 퓨전 판타지 장편소설
WISHBOOKS FUSION FANTASY STORY

검성(劍聖), 카릴 맥거번.
검으로 바꾸지 못한 미래를 다시 쓰기 위해
과거로 돌아오다.

이민족의 피로 인해 전생에 얻지 못한 힘.

'이번 생에 그걸 깨주겠다.'

오직 제국인들만이 사용할 수 있었던,
그 힘을!

'나는 마법을 익힐 것이다.'

이제, 검(劍)과 마법(魔法).
두 가지의 길 모두 정점에 서겠다.

9클래스 소드 마스터: 검의 구도자